耕余遗穗

凤凰树下随笔集

王日根 著

厦门大学出版社 国家一级出版社
XIAMEN UNIVERSITY PRESS 全国百佳图书出版单位

编者的话

厦门大学，一所闻名遐迩的高等学府，经过近百年的岁月洗礼，她根深叶茂，茁壮成长。厦大校园背山面海、拥湖抱水，早年由南洋引入的凤凰木遍布校园的各个角落，于是，一级又一级的海内外求知学子满怀憧憬地相聚在凤凰树下；一届又一届的毕业生依依惜别于凤凰树下。"凤凰花开"成了学子们对母校的青春记忆，"凤凰树下"成了厦大人共同的生活空间。

建校近百年的厦门大学现已成为学科门类齐全的国家"211"、"985"工程重点大学。厦大人秉承"自强不息，止于至善"的校训，铭记校主陈嘉庚建设一流大学的嘱托，在较少政治喧闹、较多自由思考的相对安静环境中，做着相对纯粹的真学问，培育着一代代莘莘学子。一大批厦大人在不同的学术领域里成果卓著，他们除了发表论文、出版专著，贡献自己高深的科研成果之外，亦时有充满灵性的学术感悟文字、感时悯世的政治评论短札，时有思索道德人生的启示益智言语、情感迸发的直抒胸臆篇什。这些学术随笔其文字之精练，语言之优美，内容之丰富，思想之深刻，不仅体现了厦大学人深厚的学术积淀，而且也是值得传承的丰富文化宝藏和宝贵的出版传播资源。

厦门大学出版社秉承"蕴大学精神，铸学术精品"的出版理念，注重挖掘厦门大学的学术内涵。我们将以"凤凰树下随笔集"的形式，编辑出版厦大学人的学术随笔、学术短札，在凤凰树下营造弥漫学术芬芳的书香氛围，让厦大校园充满求真思辨的探索情怀。年轻学子阅读这些书札，或能获得体悟，受到激励，走向深邃的学术殿堂；社会大众阅读这些书札，或能更加切实地品读我们这所大学的真实内涵，而不至于停留在"厦门大学是个大花园"的粗浅旅游观感层次。

我们更期待《凤凰树下随笔集》走出校园，吸引全球更多的学者走入这片凤凰树下，让读者感受到这些学者除了不断有高精尖的科研成果问世外，还有深沉的文化艺术脉搏在跳动，还有浓郁的人文精神、科学精神在流淌。

厦门大学出版社

卷首语

读书与耕田之异同

　　《儒林外史》中引用过一个对联叫："读书好，耕田好，学好便好；创业难，守成难，知难不难。"联想到中国传统社会"耕读传家"衍为风气，世人还真喜欢把耕与读联系起来。当文化程度并不高的父母把我送进学堂的时候，给我起了一个"日根"的名字。或许父母期待我像他们那样勤于耕作，"日出而作，日落而息"。当时父母没有奢望我出人头地，只希望我成为一个能认字、会算术的农民。父亲因为能书会算，家里的登记本上记录了每天的出工情况，所以生产队的记工员不会漏记我们家的出工。每年生产队分红时，父亲能早早地算出我们家一年来的劳动所得，扣除掉口粮钱，每年大约有一两百元收入。靠着这点收入，曾读点书的父亲把一家人的生活安排得相当妥帖。每逢春节，父亲还能为各家写对联，内容大多是凭着自己的读书积累，针对各家具体情况自编的。从父母那里，我体会到勤劳和书算是家庭自立的两大重要法宝。

　　或许是小学时课程较松的缘故，我在干些诸如扫鸡粪积肥、割羊草等家务之余，还能把爷爷收藏的一些线装小说反复看过多遍。于是小学时代的我就是班上的读书尖子，甚至有人编出一个"双头脑子"的称号。我该承认，这个称号成了我读好书的助推器。我凭着勤奋，加上善于用脑，读书变成了一件富有乐趣的事情。

　　高中的物理老师让我当科代表,是因为入学后的第一次物理考试得了满分。可后来班主任是语文老师,他直到高二第一学期快结束时,也就是离高考只剩一个学期的时候,建议我考文科。为此,物理老师甚至跟我说了这样的气话:你文科能考上,我今后的工资全给你。但我还是听了班主任的意见,结果当年我名落孙山。物理老师还真是别具慧眼!我进了另一所中学的文科补习班,除了吃饭、睡觉之外,一门心思读书。一年后,我考进了厦门大学历史系。

　　正像我的导师傅衣凌先生用福州话所说的,"日根"即"历耕"也,应该在历史这个领域好好耕耘。傅先生是大学问家。我牢记他老人家的话,把父母农耕劳动遗传给我的勤劳倾注到历史学的学习和研究中。回头一看,岁月已过二十六载,其间我顺利地读完学士、硕士和博士学位,顺利地晋升讲师,破格晋升了副教授、教授,当上了博士生导师。

　　从傅衣凌等先生那里,我培养起了关注基层社会生活史的兴趣,养成了多学科阅读的习惯,还形成了勤走田野、阅读生活之书的为学路径。在我成为一名大学教师的时候,父亲就对我说:"镰刀是农民的工具,铁锤是工人的工具,书和笔就是读书人的工具啊!"如今年过七旬的父亲,还时常寄来没有标点的家书,让我继续体味着读书对于一个农民的意义。

　　我时常站在书橱前凝视不同时期不同场合得来的一本本书,回忆着书中教给我的知识、智慧和人生启迪。我思考着:父母是农民,使用的工具是镰刀和锄头,生产出来的是粮食;我是教师,使用的工具是书和笔,产品就是毕业生以及精神食粮书籍。这表面上确实存在不同,可职业精神却是一致的,即都需要"勤"字当头。由于读书人在传统社会即被视为社会的仪范,因而他们就更

应该对自己的德行提出更高要求，在引导社会树立正确的荣辱观方面起积极作用。

俗语说："书到用时方恨少，白首方悔读书迟。"我铭记着先人的智慧结晶，在家里能利用的地方都放上了书，日日伏于书案，从不敢懈怠。通过读书，原本笨嘴拙舌的我，既能把复杂的社会现象条分缕析地展示给学生，又时常能作出令人信服的学理解释。通过读书，我学会了编书、写书，乃至逐渐形成了一家之言。通过读书，我能鉴别出书的优与劣，思维的睿智与迟钝。通过读书，我也能处变不惊，泰然面对人生的酸甜苦辣。书是我从事教师职业的工具，延长了我的四肢，拓宽了我的视野，使我找到了自己的生存依据，也使我变成了书的符号，希望能激励更多的人。

我愿用"书山有路勤为径，学海无涯苦作舟"与读者共勉！

（原刊《福建日报》2006 年 6 月 12 日）

Contents
目 录

千百年眼

域外鉴华

师友庇荫

啜茗索馨

千百年眼

凤凰树下随笔集

大哉,孔子

小时候生活在"批林批孔"的氛围里,却一直不能接受孔子是"坏人"的观念。因为我奶奶早已给我灌输了孔子是圣人的思想,说文字是孔子发明的,珠算是孔子发明的,孔子"有教无类"、"因材施教"等等。尽管读了历史后知道有些不一定真实,但我却对孔子的圣人身份笃信不疑。

一般而言,社会的进步是以新思想不断取代旧思想为标志的,但是并不一定以"新"面貌呈现的东西都是应该肯定的,而且文化的发展过程中往往有"反文化"的逆流出现,正像恩格斯的"历史合力论"所说:历史是诸种力量相互作用的结果。有鉴于此,我们认为,要保持社会的进步,不能仅仅求新,而且更应求实、求真。有价值的文化遗产更应该倍加珍惜,何况今日的世界,彼此都在经济的竞争之外,更强调文化的竞争,更注重自己文化软实力的建设。

孔子生活在由春秋到战国的过渡进程中,当时或合纵,或连横,敌我阵营不断发生着眼花缭乱的变化,礼义遭遇陵夷,崇计尚策,一定程度上成了投机者的乐园。这时孔子提倡复周礼,实是出于重建社会秩序的愿望。后代却有人将之解读为欲开历史的倒车,这实在是大谬其趣。

战国时期,出现了中国思想史上的"百家争鸣",这本身就是面对社会纷乱,学者们力求正本清源而做的努力。孔子所代表的儒家正是这诸子百家中的一家。他从历史发展的角度出发,认为周代借鉴了殷夏的治理经验,实现"文治",是最理想的一种状态。

孔子首先从古代流传下来的三千余首诗中分《风》、《雅》、《颂》加以选编,精选出三百零五首,谱曲加以演奏,力求与古代《韶》、《武》、《雅》、《颂》的精神相符合,这样礼乐便得以彰显。孔子希望这项工作能达到"以备王道,成六艺"的效果。

事实显示,孔子的努力取得了显著的成效,所谓"弟子盖三千焉,身通六艺者七十二人"。孔子在教育时坚持"学问、德行、忠诚、道义"并重,摒弃臆测、武断、固执和自以为是等痼疾，对于斋戒、战事和疾病均应持十分谨慎的态度。孔子强调在尊重天命和仁德的前提下言利。在教育过程中强调激发学生的兴趣，调动学生举一反三的积极性，这样才能产生良好的效果。在日常为人处事方面，孔子坚持谦恭的态度，对于乡党，显得特别的温良恭敬，绝不抢白。在回应朝廷的召唤时，说话务求条理清晰，言简意赅，保持谦谨。当上朝时，与级别高于自己的官员说话，能做到态度和悦又中正直言；与级别低于自己的官员说话，则要做到理直气壮，直抒己见。在进入朝廷办事时，做到谨慎恭敬，接见外宾时，则矜持庄重；遇到上司召见，力求迅速应对，甚至马车尚未套好，就先步行而往了。对于不符合礼节的事一概不做。对人有恻隐之心，参加丧礼的宴席，不要求吃饱，一天中曾经哭过，这天就不歌唱了，要对有丧之人、残疾人表示同情。孔子最担心的是不整治德行、不研习学问，遇有道义之事不全力以赴这三件事。他特别提倡用积极健康的歌曲引导人们追求美好的人生。孔子这种谦谦君子人格曾是后世知识人的楷模，历代帝王亦尊孔子为"至圣先师"。

　　孔子的这套人生哲学几乎代表了东亚传统文化的精髓，是我们的安身立命之本。当韩国、日本大举以儒学文化传承者的姿态自居的时候，我们是该认真思考自己的使命的时候了。前些天到韩国成均馆大学参加一个国际学术会议，顺便参观了文庙、大成殿，还听说 9 月 28 日将举办盛大的祭孔大典，我更觉得我们文化人该有所作为了。

　　（原刊《厦门大学报》2008 年 10 月 18 日"校园茶座"专栏）

秦王朝焚书的有限性

公元前 213 年（秦始皇三十四年），始皇在咸阳宫举行酒会，七十名博士来向他祝寿。仆射周青臣进颂词说："过去秦国方圆不过千里，仰赖陛下神灵明圣，平定海内，放逐蛮夷，形成了天下一统的局面。设置郡县制度，人人安居乐业。力图永远告别战争。自上古以来没有人能及陛下的威德。"始皇听后很高兴。博士齐人淳于越进言说："我听说殷周维持长期的政权，是因为将子弟功臣加以分封，使之成为王室的枝辅。现在您的子弟却均没有功名身份，遇到像齐国田常、晋国六卿那样的大臣，身边没有足够的辅佐力量是很危险的事。我建议您要吸取历史经验和教训啊。周青臣纯粹是一个阿谀逢迎之徒而已。"秦始皇不但没有责怪淳于越，而且还将其议交大臣讨论，倒也体现了一种民主的意味。丞相李斯有了进言的机会，他说："五帝和夏商周均没有一味照搬，却各自达到了治世的局面，并不是故意追求不一样，完全是因为时势发生了变化。现在您是在从事着前无古人的大事业，单沿袭过去是没有出路的。过去各诸侯相互争斗，对游学之士特别优待。现在形势变了，是树立国家权威的时候了。在此前提下，老百姓各安其业，从事生产，是当务之急，官吏们应该学习治理国家的法令，行使好管理社会的职责。"李斯认为那些以古非今的腐儒只会扰乱老百姓的思想，这是很不利的，他说："皇帝您'别黑白而定一尊'之后，一定不能允许'道古以害今，饰虚言以乱实，人善其所私学，以非上之所建立'的现象泛滥，否则各自以自己的学说来非议国家建立的法律教化制度。朝廷一有一个制度出台，他们就拿出一套学说来批评这套制度，在公开场合作出虽心不服却又三缄其口的架势，到了私下场合又评头品足。社会上甚至视这种人为高人，皇帝的威严被损害，结党营私的现象必然不可避免。"李斯建议要在统一思想上有所作为，焚书是一个重要步骤。

他规定了焚书的范围和实施方法是："史书中凡不是秦国历史的均烧掉。除博士官外，《诗》《书》和诸子百家的著作都要上交烧毁。禁止再说这些方面的内容。不遵守的要实行连诛制度。鼓励举报。吏员不得知而不举。上交的期限是三十天,否则黥为城旦。"同时规定了不能烧的书是"医药卜筮种树之书"。李斯的这套方略获得了秦始皇的批准,并付诸实行。

从这其中看,烧掉各国史书固然让司马迁感觉到"惜哉!惜哉!独有《秦记》,又不载日月,其文略不具"。但从政治上看,确实是迅速培养秦帝国认同的重要一步。对于《诗》《书》、百家语,博士官仍然可以保存,只是不让其在民间流传,导致舆论的混乱。这也是治国者经常要采取的方略要求。要求上交给予了足够的期限,明了细则,并且对"医药卜筮种树之书"加以保护,因为这些没有意识形态色彩,是任何政权都不应摒弃的。近年考古发现了不少简帛日书、式法、五星占、养生、病方、脉经、胎产书、导引图、美食方(最近在虎溪山沅陵侯吴阳墓中发现)等等,或许可以说明中国古代科技成就时常还停留在民间层次,具有一定的区域性,普遍推广的机制仍没有建立。

秦始皇在"收天下书不中用者尽去之"之后,"悉召文学方术士甚众,欲以兴太平",显然秦始皇仍然希望发挥文学之士在治国理政上的作用,文化人仍可以自在地生活着。只是后来秦始皇迷上了长生之术。公元前212年(秦始皇三十五年),秦始皇羡慕长生不死的"真人",用侯生、卢生等方士以求灵芝仙药。发现上当之后,秦始皇下令追捕妖言惑众的"方术之士",这些人严格说来不能算儒生,最多只能算是蹩足的儒生。《史记·儒林外传》只是说:"及至秦之季世,焚《诗》、《书》,坑术士,六艺从此缺焉。"坑的只是"术士",而且是以所谓仙药诱惑人主并造谣诽谤,坑之也不为太过。

进入西汉,伏生等硕儒响应朝廷号召,迅速让弟子记录下他熟记于心的五经六艺,流传下来,主要以记录鲁国历史的《春秋》亦重获新生。秦王朝的焚书具有政治统一意义,对文化的破坏则是有限的。

(原刊《厦门大学报》2008 年 3 月 22 日"千百年眼"专栏)

陈涉起事的负面影响

中学阶段，我们学《史记·陈涉世家》，都认为陈胜（涉）、吴广起义是中国历史上第一次农民起义，认为这是一场得到广大人民支持的、反对暴力统治的伟大革命运动。这次发生在秦朝末年的大泽乡起义甚至建立了我国历史上第一个农民政权——张楚，给秦朝的暴政以致命的打击，促使了秦速亡，使由秦始皇开始的而想万世统治中国的秦王朝只存在短暂的 15 年便被刘邦的西汉政权所取代，从而使中国历史进入了一个崭新的辉煌时代。

然而我们细细品读，却觉得陈涉起事也产生了若干负面影响。首先，秦王朝将战国时期纷乱的局面归于一统，受到人民的极大拥戴。秦王朝的建树也是不少的，如建立郡县制度、统一文字、统一度量衡、统一道路，秦始皇甚至将天下的兵器都销毁而铸造成钟鐻，体现了一种永远告别战争的愿望。秦王朝虽然建设了若干离宫别馆，但这其中一部分是人们对秦王朝建立统一的中央集权王朝的感恩而迸发出的热情的转化，另一部分则是使用了一些刑徒，让他们得到劳动改造本身并不是太过分的事。虽然秦王朝以"法"（与今日之法有本质不同）治国，显得威猛了些，但这也是时势使然，秦毕竟由战国时期过渡而来，纷乱的局面是必须以猛而治的。

其次，说到陈涉，在秦王朝的治下，也当到了"屯长"。秦二世元年七月，他带领闾左谪戍渔阳九百人，先是屯驻在大泽乡。起初他或者期望着此次立功得以擢升，可惜老天不作美，阻断了他的升迁之路，"会天大雨，道不通，度已失期。失期，法当斩"。"亡"和"举大计"都是死，他就想死得轰轰烈烈，选择了"举大计"。虽然他年幼时已有了鸿鹄之志，但此时他似乎并不具备建立政权的个人素质，也没有系统的立国方略。他虽然利用了吴广颇得士兵拥戴的优点，将吴广和他的士兵转化为支持他起事的基本力量，但他建立的张楚政权却缺乏长期生存的根基。

再者，陈涉起初同样具有立嫡、立贤的思想，这是周时政治文化广泛被人接受的体现。他也知道秦始皇长子扶苏、将军项燕分别属于正统，属于贤人，但他也知道自己不具备这些优势，却采取了假借正统、贤人的办法，这种做法确实显示出他具有一定的政治智慧，却不是光彩的行为。陈胜说："且壮士不死即已，死即举大名耳，王侯将相宁有种乎！"这其中包含了自己对成就大业的企求，表现出的却是对正统、贤人的否定，这本身就没有思想基础。中国传统政治文化中一直存在着立正统、立贤人的传统，科举考试制度更是将立贤的精神贯彻到全社会的良民之中。在明清社会，经科举而入仕被视为"正途"，在这正途之外，明清官场上确实也存在若干"异途"，像陈胜这类人所走的路往往可归纳为"绿林入官府"，并不是说这条道上的人都不贤，但其中很多人并不具有政治建设的能力，尤其是在治国变成了需要专门知识和素养的时期，"绿林入官府"甚至是对立贤精神的背弃，即"陈涉不用汤武之贤，不藉公侯之尊，奋臂于大泽而天下响应者，其民危也"。其消极意义是很显然的。

最后，陈涉为了赢得支持，接着选择了"行卜"、"卜鬼"的做法，采取"置'陈胜王'于鱼腹中"的办法，并编造"大楚兴，陈胜王"的谶谣，以"威众"，这种做法虽然暂时树立起了自己的威信，却掩盖不了自己政治能力的贫弱。元末"石人一只眼，挑动黄河天下反"的谶谣又一样被采用，这似乎衍为许多类似行动的一般手段。《水浒传》中说方腊起事是因为方腊有一次砍柴，在一条山中小溪边洗脸，看到了水中倒影是戴着皇冠的人，所以他决定起事。于是我们或许应该跳出起事皆由阶级压迫所致因而都是农民起义的固定思维模式，许多起事者往往因为很多种特别的理由而起事，带有一定的偶然性。而这些起事本身会带来社会秩序的被破坏，是我们每一个社会秩序的建设者所应该防备的。

（原刊《厦门大学报》2007 年 11 月 24 日"千百年眼"专栏）

汉武帝树立大国形象策略的反思

汉武帝时,汉王朝的经济实力已达到较高的程度,他"内修政理,外兴兵戎",采取了一系列灵活的策略,迅速地把中原政权的威信向外传播,从而树立起了汉朝的大国形象,同时亦留给后人巨大的反思空间。

一是四出使节,打探周边的情况,与邻国建立友好关系。当时汉武帝即能命令使者们四出探访,本身已表现出了一种开阔的视野和开放的精神。通过使者的沟通,汉朝对周边国家有了大体的认识,许多国家与汉朝建立了正常的贸易和外交关系,拓宽了汉朝与周边国家的贸易通道。丝绸成为中国的象征,精美的丝绸经陆路和海路传达给西方人中华繁盛的坚定信息。因为"盛德在我,无取于彼。故自建武以来,西域思汉威德,咸乐内属。唯其小邑鄯善、军师,界迫匈奴,尚为所拘。而其大国莎车、于阗之属,数遣使置质于汉,愿请属都护。圣上远览古今,因时之宜羁縻。"(《汉书》卷六十六《西域传》,第3930页)汉武帝的所作所为极大地扩大了西汉的影响力。

对汉武帝开拓西域通道,在当时也有不同的评价。或认为是好大喜功的表现,如有人说:"西域诸国,各有君长。兵众分弱,无所统一,虽属匈奴,不相亲附。匈奴能得其马畜旃罽,而不能统率与之进退。与汉隔绝,道里又远,得之不为益,弃之不为损。"这种意识某种程度上成了许多无为统治者的托词,阻碍了中华文明的外传。

二是与匈奴展开了长期的针锋相对的斗争,其中有战有和,有和亲,有征战,还有封赐、拜爵,目的在于试图建立一个稳定的北方边境环境。为了落实羁縻政策,汉武帝甚至采用了反向的朝贡方式,向匈奴献纳。张骞在其中建立了赫赫功绩,官位不断擢升。从太中大夫、博望侯、中郎将再到大行,张骞通过接待各国使者和宾客,地位渐崇,自然引起人们的景从,但走过头了也产生了消极的后果。

"自骞开外国道以尊贵,其吏士争上书言外国奇怪利害,求使。天子为其绝远,非人所乐,听其言,予节,募吏民无问所从来,为具备人众遣之,以广其道。来还不能无侵盗币物，及使失指，天子为其习之，辄复按致重罪，以激怒令赎，复求使。使端无穷，而轻犯法。其吏卒亦辄复盛推外国所有，言大者予节，言小者为副，故妄言无行之徒皆争相效。其使皆私县官赍物，欲贱市以私其利。外国亦厌汉使人人有言轻重，度汉兵远，不能至，而禁其食物，以苦汉使。汉使乏绝，责怨，至相攻击。"和平的努力收获的却是战争的苦果，这一教训是很惨痛的。

三是积极吸引外国客人入大汉，使他们惊叹于中原政权下社会经济、政治、文化的繁荣状况。汉武帝时常利用一切机会让外国使者认识中国的富足，"是时，上访数巡狩海上，乃悉从外国客，大都多人则过之，散财帛赏赐，厚具饶给之，以览视汉富厚焉。大角氏，出奇戏诸怪物，多聚观者，行赏赐，酒池肉林，令外国客遍观各仓库府臧之积，欲以见汉广大，倾骇之。及加其眩者之工，而角氏奇戏岁增变，其益兴，自此始。而外国使更来更去。大宛以西皆自恃远，尚骄恣，未可诎以礼羁縻而使也"。（《汉书·张骞传》）外国使节来到中国，汉武帝常常以隆重的礼节接待他们，亲自带领他们遍览中国繁华的都市，让外国人惊叹中国的丰足。在汉王朝治下的都市里，各国的艺术表演装点着欢娱的气氛，体现了中华文化对异文化的吸收和包容。周边各番国表现出对中国的敬畏和臣服。

在当时的时代背景下，国力强盛是成为宗主国、产生号召力的前提。但放到今天来看，汉武帝的作为或许也有值得检讨之处。在当今国际舞台上，"国力强盛"，就意味着要承担更多的国际义务，"国力强盛"就意味着可能别人会觉得是威胁。像汉武帝所留给外国人的"国力强盛"的印象包含着虚夸性，有些打肿脸充胖子的意味，这也是值得我们在通过各种传媒宣传中国形象时加以借鉴的。

（原刊《厦门大学报》2008 年 6 月 14 日"千百年眼"专栏）

朱元璋:纵横于"复古"与"开新"之间

朱元璋是明王朝的开国皇帝,临终遗嘱中,他自称"朕膺天命三十一年,忧危积心,日勤不怠,务有益于民。奈起自寒微,无古人之博知,好善恶恶,不及远矣"(《明史·太祖本纪》)。葬地在南京,名孝陵。康熙帝南巡到此时,题"治隆唐宋"碑,如今仍屹立如初,供人凭吊!

过去的研究已给予朱元璋许许多多的评价,或致意于朱元璋的集权政治,说他废除了丞相制度,集大权于一身,表现出过度的集权欲;说他重惩贪蠹,时常将贪官剥皮实草悬挂于城门之上;说他大杀功臣,残酷至极。或关注其经济思想中的复古倾向,强调他建立桑、麻田,严格推行礼仪服饰的等级制度都具有乌托邦色彩,是典型的拉历史倒车。还有的批判其推行严厉的禁海政策,将中国与世界孤立开来,直接导致了中国的落伍。

其实历史人物首先是人,自然有决定人之行为的各种外在因素和内在因素。朱元璋出身贫寒,缺少读书习文的机会。但他却尊重知识分子,注重养士。当他打下徽州时,地方老儒朱升告诫他要"高筑墙,广积粮,缓称王",表明了知识分子已与之建立了相互合作的默契。他根据自己长期生活于民间的经验,在基层政权之外,辅以"老人制度",就是让七十岁以上的老人六七人或十数人参与乡村社会的管理,体现了中国传统文化中对长者、寿者的尊重,这自然成为赢得民心的好办法。他通过减免赋役、移民屯田、开垦荒地、兴修水利等传统政权常用的手段,将民众凝聚到新政权下,不仅让其治下的百姓称颂不绝,甚至还让后世的民众反复回忆。在永乐时期,要是"让他们的孩子们再过几年洪武爷的日子就好了",这样的感慨仍时常能听到。我在一本史书中读到一个传说,说朱元璋建立明朝后,曾让其长子朱标去西安考察,谋划着将国都迁回长安。中国传统文化特别强调正统、特别强调礼仪制度,朱元璋从知识分子那里了解到这样的国情,且奉若圭臬,并付诸实行。譬如他还建立申明亭,让过往行人能接受到礼仪的熏陶,他提倡建立社学,让更多的子弟进入学校接受教育,提高文化素养。他倡导恢复古代的乡饮酒礼,让世人在公共活动中培养和谐的观念。朱元璋将这些做法概括为"从周",固然包含了美化周朝的意味,特别是他效仿周朝的分封制,分封诸子为王,衍生出在其身后不久就充满血腥的四子朱棣与长子朱标的儿子朱允炆之间长达四年的"靖难之役"。这本身就是对朱元璋礼法国家体制的无情否定。但朱元璋对长期以来总结出的远古优秀文化传统的继承却体现了对文化本位的坚守,明代享国近270年,官民对传统文化本位的坚守是一个重要机制,乃至明王朝灭亡之后,仍有大量的明朝遗民很有骨气地生活于大清之世,直逼得清王朝放弃过去元王朝曾采取的民族歧视政策,而把中华优秀文化传统奉为正朔,"复古"所产生的积极意义实际上不亚于"开新"。

朱元璋的"开新"之举亦不乏。他允许人民自由开采矿冶,铁、铜、锡、铅产量增加,带动了当时相关手工行业的发展。他将匠户分成住坐、轮班两种,轮班的除分班定期轮流应役以外,其余的时间归自己支配,住坐的也有三分之一的时间归自己支配,制成的产品可以在市场出售,这对于市场商品的扩大,技术的交流和改进,都具有积极意义,且极大地解放了元朝奴隶制式生产方式下的劳动者。朱元璋鼓励商业活动的开展,除铸造大中通宝铜钱外,还发行大明宝钞纸币,极大地方便了商人的携带,促进了商业的发展。朱元璋废除了丞相制度之后,自己阅读奏疏的负担加重了,这又驱使他改革奏疏制度,制定了建言格式,倡导了简洁明快的文风。这些都是"洪武盛世"的基本指标。

康熙帝题写的"治隆唐宋"碑,当是对其"复古"和"开新"两方面作为的整体评价,或许也包含了其文化政策的进一步明确。对于治国者言,无论是"复古",还是"开新",都得以是否"务有益于民"为取舍,既不应因属于"复古"的部分就一味否定,也不应以打着"开新"的旗号就给予支持。当下市场经济下金融系统的过度"开新"已给我们上了生动的一课。

（原刊《厦门大学报》2008 年 11 月 29 日"千百年眼"专栏）

光绪帝的悲剧人生

光绪皇帝,名爱新觉罗·载湉,生于 1871 年 8 月 14 日,卒于 1908 年 11 月 14 日,享年 38 岁。2008 年 11 月 2 日,经法医学手法历时 5 年研究之后。国家清史编纂委员会在北京举行清光绪帝死因研究工作报告会,正式宣布其死于急性砒霜中毒。2008 年 11 月 14 日是光绪帝去世 100 周年,100 年能澄清一个事实,应当说是一个不小的贡献。

光绪帝虽幼年丧母,却遇上了像翁同龢这样的好老师,传统文化的优良品德在他身上得到了集中的体现。他知道:"为人上者,必先有爱民之心,而后有忧民之意。爱之深,故忧之切。忧之切,故一民饥,曰我饥之;一民寒,曰我寒之。凡民所能致者,故悉力以致之;即民所不能致者,即竭诚尽敬以致之。"当他亲政以后,面对"各国环处,凌迫为忧"的危局,他才能奋起变法,"采西人之所长补我所未及"。他在上谕中说:"朕夙夜孜孜,改图百度,岂为崇尚新奇?乃眷怀赤子,皆上天之所畀,祖宗之所遗,非悉令其康乐和亲,朕躬未为尽职。"显然,光绪后期的这些言论,是与他早期的民为邦本的思想有着内在联系的。他还总结出"隋以拒谏而亡,唐以纳谏而兴"的经验教训,得出了"言路之开塞,国家之治乱系焉"的结论,并说"朝有直臣,社稷之福,岂不信哉!"他充满了改革创新的憧憬,在身边集中了一批饱学之士,并鼓励他们为国家出力。有时是激烈的争辩,他认为,"理之所是,虽众以为非,极力争之可也。理之所非,虽众以为是,极力辟之可也",模棱两端是不能肩天下大事的。

良好的教育激发光绪想于亲政(1889—1898 年)后一施拳脚,可被唤为"亲爸爸"的慈禧压根就不想让光绪做些什么,她安排隆裕皇后监督光绪,尽管光绪对该皇后全无好感。她给光绪安排了瑾妃和珍妃两姐妹。因珍妃与光绪较为契合,慈禧又迅速将珍妃视为眼中钉,珍妃只得于 25 岁的花样年华辞世而去。光绪的亲政更迅速改变了光绪与慈禧间表面的母子谐和状态。第一件大事就是遭逢日本侵略朝鲜,进而侵略中国。光绪决心援朝抗日,这不仅违背母后之意,而且战争失败,被迫签订《马关条约》,失地赔款。光绪思索这屈辱局面缘于腐败的体制,于是他结交了康有为、梁启超等人,受到珍妃老师文廷式激励,坚定了力图改革政治、富国强兵的雄心,并于光绪二十四年四月二十三日(1898 年 6 月 11 日),颁布《明定国是诏》,宣布变法,强调博采西学,推行新政,授予康有为"专折奏事"特权。那些守旧的亲贵重臣害怕光绪皇帝在改革政治中触动他们的地位,纷纷投靠慈禧并竭力挑拨他们"母子"的关系。慈禧也深恐光绪改革的成功会影响到她的独裁。这样朝臣内出现了"后党"与"帝党"(又称"清流党"),双方展开了激烈的斗争。先是慈禧密谋要废掉光绪,接着又是光绪试图清除掉李莲英和袁世凯等,结果是光绪失算,遭遇惨败,被囚瀛台。

寻找光绪帝戊戌维新的败因,或许还应了"秀才造反,十年不成"的偈语。团结在光绪周围的是一批书生,这批书生虽然并不是"两耳不闻窗外事,一心只读圣贤书",且多怀有"明道"以求"救世"的理想,提倡经世致用,但他们却均无法突破传统知识分子的清高,喜欢走贤人政治的路子。曾做过幕僚、教书先生和报馆主笔的谭嗣同想说服袁世凯支持他们,甚至将变法的详细计划泄漏给善于政治投机的袁世凯,结果已注定了变法的失败。有记载说:当六君子被审判时,许多京官顾惜身家性命,多所避忌,亲友故旧亦恐株连于己,闭门不出,谭嗣同等人尸体遂无人敢来收殓,直到第二年才被送回故乡。

环顾我们的邻国日本,明治天皇与光绪性格颇为相近,也是一个热血奔涌的人,幸运的是他手下聚集了强大的维新势力,当 1892 年明治天皇见到大清"定远"、"镇远"号舰船抵达横滨访问时,立即诏敕天下,"国防一事,苟缓一日,或将遗百年之悔"。他带头捐款,第二年三月,建造军舰的预算便告完成,由此中日间的军事实力对比才发生了根本性的变化。而在中国,慈禧手下团结了掌握中央与地方军政大权的大小官吏,他们掌握政权、财权,富有政治经验,擅长阴谋诡计,慈禧一声令下,光绪周围的微弱力量迅速瓦解。与中国戊戌维新依靠书生不同的还有,日本中下级武士是变法的骨干分子,他们富于谋略、精明强干,他们能在政府内部清除幕府守旧势力,废除贵族特权,制定宪法,召开议会,修改不平等条约,从而保证了维新目标的实现。当明治天皇因明治维新而以"民族之父"的形象被载于史册之时,光绪皇帝却把"瀛台之囚"的形象维持到他生命的最后时刻。

体现在光绪皇帝身上的悲剧,何尝不是我们民族的悲剧!从某种意义上看,有关光绪死因的澄清,说到底也只是对一件事实的确认,不过是以官方的名义昭告天下而已。

（原刊《厦门大学报》2009 年 3 月 28 日"千百年眼"专栏）

费正清眼中的中国知识人

1942 年 11 月 10 日，美国驻华大使馆文化参赞费正清在中央研究院社会科学研究所所长陶孟和的陪同下，专程由重庆搭乘小火轮溯扬子江而上，到李庄去见好友梁思成和林徽因。当时，中央研究院就颠沛于这个约有 1 万人口的小市镇上，梁思成两口子就安顿在挂着营造学社牌子的小院子里，因为多雨，这个小院落里显得潮湿、肮脏，散发着潮热和尿臭味儿。营造学社的 12 个年轻制图员在内院一间研究所的大房间工作，林徽因则住在同一宅院内的另一间大房间里，所以她可以听到院里的所有情况，此时她正生着病，躺在床上。

在来李庄的途中，费正清虽然对航行中的气候变化有所准备，但还是染上了重感冒，乃至到李庄后，高烧不退，只得卧床休息。面对此境，梁思成一书生只好在两个病床之间拿着食物和药品跑来跑去。

费正清在李庄结识的著名中国学者还很多，像早年留学美国攻读心理学和社会学、人类学，获得哲学博博士学位的李济，与他同行的有王振铎、曾昭燏、谭旦炯、李霖灿、和才、索予明等，像历史学家傅斯年、何兹全，考古学家夏鼐，文字学家董作宾、李光涛、劳干，民族学家凌纯声，物理学家童第周等等。于是费正清回忆这段经历时这样说：李庄的中国科学家是不怕困难、献身科学的崇高典范。不论是疾病还是艰难的生活都丝毫没有影响他们对自己的开创性研究工作的热情。就是在这一时期，梁思成写成了《图像中国建筑史》，他以英文写这本书，就是为了向世界介绍中建筑的宝藏及其结构原理。因为他既通晓中国古典文化，又懂得作为艺术和科学的外国建筑。"在忧患的战时生活中能获得如此成就还说明，他们不仅具有极高的学术水平，而且还有崇高的品德修养，而正是后者使他们能够始终不渝地坚持自我牺牲，坚定地为中国的现代化作出了自己的一份贡献……"

费正清的回忆中对忧患的战时生活环境有细致的描述：他们"傍晚五点半便点起了蜡烛，或是类似植物油灯一类的灯具，这样，八点半就上床了。

没有电话,仅有一架留声机和几张贝多芬、莫扎特的音乐唱片,有热水瓶而无咖啡,有许多件毛衣但多半不合身,有床单但缺少洗涤用的肥皂,有钢笔、铅笔但没有供书写的纸张,有报纸但都是过时的。你在这里生活,其日常生活就像在墙壁上挖一个洞,拿上什么用什么,别的一无所想,结果便是过着一种听凭造化的生活……"

费正清的感慨还不止于此,他说:"我为我的朋友们继续从事学术研究工作所表现出来的坚忍不拔的精神而深受感动。依我设想,如果美国人处在此种境遇,也许早就抛弃书本,另谋门道,改善生活去了。但是这个曾经接受过高度训练的中国知识界,一面接受了原始纯朴的农民生活,一面继续致力于他们的学术研究事业,学者所承担的社会责任,已根深蒂固地渗透在社会结构和对个人前途的期望中间。如果我的朋友们打破这种观念,为了改善生活,而用业余时间去做木工、泥水匠或钳管工,他们就会搞乱社会秩序,很快会丧失社会地位,即使不被人辱骂,也会成人们非议的对象。"(费正清:《费正清对华回忆录》,知识出版社1991年版,第269页)不过,只要翻开李庄时期中央研究院的历史,我们便能看到德国教授史图博和鲍克兰、史梯瓦特,波兰教授魏特和美国籍教授陈一狄,英国著名科学家李约瑟也来过李庄,或许中国知识人的国家栋梁意识不仅感动了费正清,也感动了在中国工作的外国科学家。

需要顺便交代的是,受到典范的带动,费正清所说的营造学社的12个年轻制图员包括了罗哲文、刘致平、莫宗江、陈明达、卢绳、王世襄等,他们后来都成为了各自领域的大师。

(原刊《厦门大学报》2011年3月4日"千百年眼"专栏)

历史上的干政乱象举隅

孔子是一个一生致力于构建道德政治的人，他的学生子张跟随孔子学习干禄的本领，即"子张学干禄"，此事就记录在《论语·为政》篇中，孔子强调的是为政者必须德艺双馨。但细察过往政治史，却多有德缺艺乏者纷纷跻身于政治舞台上。近人章炳麟算是洞见了其要旨，他在《与王鹤鸣书》中就说："《春秋》断狱，《禹贡》治河，三百五篇当谏书，无过以典训缘饰，不即曲学干禄者为之。"他认为士正是凭借着经典为资本，积极寻找参与政治的机会，但是这样做的效果时常并不好，他在《与人论〈朴学报〉书》中就说："故知通经致用，特汉儒所以干禄，过崇前圣，推为万能，则适为桎梏矣。"过于崇圣，往往会受其拘泥，而不便于正当发挥。

《孟子·公孙丑下》中说："孟子去齐，尹士语人曰，'不识王之不可以为汤武，则是不明也；识其不可，然且至，则是干泽也。'"这里是说，孟子一离开齐国，尹士告诉别人说："孟子不知道齐王不能成为商汤、周武王，本身就是其眼力不够的表现；等了解到齐王确实不行，却还要到齐国去，就难逃乞求俸禄与官职的嫌疑了。"

由于"干"有求取之意，如"干求"、"干名"、"干誉"、"干名采誉"、"干赏"等均具有求官、索禄的含义。

"干谒"是为求取而拜谒的意思，《后汉书·左黄周传论》就说："权门贵仕，请谒繁兴。"唐代科举制中流行"行卷"，应试举子在考试前竞相将平时所作诗文写成卷轴，向公卿显宦或名人硕学投献，尽力表现和推销自己，以求得对方赏识。韩愈曾"投文于公卿间，相郑庆余颇为之延誉，由是知名于时"。（《旧唐书·韩愈传》）白居易献诗于顾况，因"野火烧不尽，春风吹又生"等句大受赞赏。（张固：《幽闲鼓吹》）崔颢向李邕投献，却因卷首有轻薄之句"十五嫁王昌"被叱为"小子无礼"而不予接受。（李肇：《唐国史补》卷上）唐代士人们靠自己的诗文去宣传自己或许还有可取之处，毕竟伯乐们也只有看了跑的马才能知道它的实力啊！

宋欧阳修《论举馆阁之职札子》记载：庆历三年，"臣窃见近年风俗浇薄，士子奔竞者多。至有偷窃他人文字，干谒权贵以求荐举，如丘良孙者。又有广费资财，多写文册，所业又非绝出，而惟务干求势门，日夜奔驰，无一处不到，如林概者"。这里揭示了宋代干谒者竟拿着剽窃来的诗文或广泛散发靠精美装帧而成的文册，这就显得有些下作了。

更可悲的是有些干谒之徒越来越无耻，明代宗臣在《报刘一丈书》中，运用漫画手法，刻画干谒者在献上名为祝寿的财礼之后，"主者（暗指明嘉靖时期专权的严嵩、严世蕃父子）固不受，则固请，主者故固不受，则又固请，然后命吏纳之"。这里几乎将佞臣与贪官刻画得惟妙惟肖。

"干请"往往请托于第三者，通过"请托"、"买托"、"买嘱"，由第三者出面"说项"，走内线，通"关节"，《后汉书·明帝纪》就说："今选举不实，邪佞未去，权门请托，残吏放手，百姓愁苦，情无告诉。"《资治通鉴·唐穆宗长庆元年》更说："所取进士皆子弟无艺，以关节得之。"请托之风盛行，势必将选举的积极意义毁于一旦。

"女谒"、"妇谒"类似于现代的"走夫人路线"、"吹枕头风"，商朝灭国、汉晋政荒等均与"妇谒"有着干系，如"齐之季世，多以财货托附外家，宣动女谒"。有的则通过"夤缘"与"攀附"手段进入官场，《宋史·神宗纪一》载："秋七月庚辰，诏察富民与妃宾家昏因夤缘官者。""夤缘"的本义是攀附他物而上升，宋代士、庶界限打破之后，攀附、夤缘者真可谓不少，《宋史·张逊传》载："逊小心谨慎，徒以攀附至贵显。"《宋史·陈楄传》感叹说："士之夤缘攀附者，无不蹑登显要。"小人当政，势必殃民害政。

没有官职的想为官，当了官的又想升官，于是"干进"者挖空心思谋求为官、升官，有的甚至堪称"巧进"、"竞进"、"奔竞"、"躁竞"。《韩非子·五蠹》中就说："上古竞于道德，中古逐于智谋，当今争于气力。"战国时期的这种风气必须得到纠正。但是要根治这一弊端，确实需要下大力气。东晋干令升《文选·晋纪总论》概括当时的情形仍是"悠悠风尘，皆奔竞之士；列官千百，无让贤之辈"。《宋史·选举志》也说："荐举本欲得人，又恐干请，反长奔竞。"苏轼曾《上神宗皇帝书》，提出"愿陛下结人心、厚风俗、存纲纪"，在用人制度上，"不可复开多门以待巧进"。倘若任其发展，势必"朴拙之人愈少，巧佞之士益多"。

（原刊《厦门大学报》2012 年 2 月 18 日"千百年眼"专栏）

晚明为何政治腐败却文化繁荣

晚明社会(从万历至崇祯 1573—1644 年)约 70 年,此时朝政腐败,国事日非,党争迭起,内忧外患,危机纷呈。可在社会上却呈现出商品经济繁荣和文化活跃发展的状态,时人称为"巨变",或谓"天崩地坼"。当时的知识人面对这变幻的现实,纷纷寻找着各自的精神依托,形成了人生理想和社会地位的多元分化。在朝廷中或依阿取荣、朋比党争、沽名卖直;或复兴古学、死守正统;发展至明末清初,更出现张岱、顾炎武、黄宗羲、王夫之、屈大钧等遗民心态,进而衍生出强烈的社会批判思想。在社会上,一些科举考试中的失意者或走上从商之路,在治生和治心方面谋求平衡;或站在市民阶层的立场,竭力张扬人性,并对传统的价值观念进行反思。还有那些较早受到来华传教的欧洲耶稣会士影响的知识者们则具有了初步的西学信仰;徐光启、宋应星、李时珍、朱载堉、徐宏祖等人更具有了发展民生日用科学的追求。本文希望对晚明时期,政治腐败与文化繁荣的矛盾现象,作出一个具有说服力的解释。

一、晚明文化繁荣的社会背景

晚明的文化繁荣局面是由多重性的社会变迁形势决定的。

1.商品经济的繁荣

这是明代社会经济发展的一个基本表现,不仅因为社会财富丰富了,而且也因为政策在逐渐发生着有利于商业发展的变化,明后期"一条鞭法"的推行更是把人们从农业生产方式中解放出来,商税并不严苛,而且许多商人和商业活动都能获得免税的优待,官府健全牙行制度的一个重要目的也是为商业活动创造正常顺畅的经商环境,官道的修筑正好为商业活动提供了交通的便利,长途贩运业由此取得了长足的发展。商人在经济活动中也谋求着自我组织形式的更新,诸如商帮的形成,会馆、公所等自我管理机构的建立都为商业活动的规范化开辟了广阔的前景。明代后期商品经济发展的表现主要有：在政治中心之外，形成了一批商业型的都市，小市镇蓬勃兴起，长途贸易发达，形成了一些固定的商路，商业城镇的服务业也取得了巨大的发展，文化产品有了巨大的市场。晚明文人倾情于文学，追求真、露、趣、俗，这与晚明商品经济发展相适应。这种"以俗为美"的审美观念推动了通俗文学的繁荣。而通俗文学如小说、戏剧也逐渐成为文学殿堂的主人，正统的诗文显得相对黯然失色。

2.科举制度的兴盛

明代是科举制度较充分发展的时代，尽管科举制度中存在着不少弊端，但即使是嘉靖皇帝时期也推行过整肃科举的政策，使科举制度在明代这一相对承平的时代，依照较为制度化的模式得以正常运行，因而培养了秀才、举人、进士各级有功名者，他们作为知识人不仅活跃于官场，也充斥着社会上的各个行业，因此他们就不仅仅是一个阶层，也不可能只有一种声音。

3.政治斗争的影响

科举制度的实施培养了一批又一批职业官僚，可这些职业官僚却也形成了强烈的政治分野，或表现在政治见解上，或表现在地域观念上。如东林党人对政治的疏离，如江西帮官员在严嵩的旗帜下会聚等等。不同的政治势力操起清议的斧子，或议论朝政得失，或品评人物优劣。有的秉持的是公正的道德尺度，也有许多属于意气用事，如大礼议之争，阁臣多次封还皇帝的谕旨，双方互不相让；万历皇帝则因为立储一事与大臣反复较量，最终不得不屈服于众意，但失意后的皇帝竟然置江山社稷于不顾，深居后宫不问政事，创下皇帝不上朝的记录。自称"非亡国之君"的崇祯皇帝也没有摆脱意气用事的风习。不仅君臣之间争意气，臣僚之间也互相以意气用事。景帝时，甚至有廷臣群殴，当场捶杀政敌。明末，群臣以声气相交接，排斥异己，党争不休，史称"士大夫峻门户而重意气"（《明史》卷二三〇）。在党争中，有时实在很难分清是非，即使是东林党亦然。这种无休止的党争直接影响着朝廷政令和朝廷决策，经常是一个建议或措施尚未出台，立即招致众多清流之士的品评议论，他们引经据典，海阔天空地大加反对，使得不少救国良策泡汤；廷议国事不以大局为重，对方说是，我必说非，互相扯皮，争论不休。在官员任用上同样深受其害，边将任用常纠缠于人品，官员考量，又多穷究于片言只语。政论不同导致了文化的纷异。

4.王阳明心学之空虚

王阳明心学本是对宋明理学的一次革命，它反对程朱理学的繁文缛节，强调内心的修炼，认为人人皆有成圣的可能，这显然与明代社会佛教观念的渗入有着一定的关系，明中叶以后三教合一和王阳明心学的盛行或许都可看成是明代儒学世俗化的一个表现。但是心学只强调内修，而忽视外适的做法只能导致王学的日益空疏，也必然导致王学的分化，泰州学派以及王学的再传弟子们已经走到了王学的对立面去。

5.经世之学的兴起

经世思想是在对王学空疏的反思基础上打出的旗帜，一些知识人怀抱经典儒学的积极入世精神，张扬起"明道"、"救世"的大旗，力求对晚明政治的衰颓有所拯救。于是这一时期经世实学成为一支重要的思潮。

6.晚明时期西学的进入

西学提供给了思想家和社会一个不同的参照系，无论是西学优越，还是中学优越，这些认识都是经过比较后而形成的，它必将激发更多人的思考。

二、晚明政治腐败与文人的文化抉择

晚明文化繁荣局面呈现出多向度的发展，其中既有积极的成果，又包含了诸多消极颓废的倾向，这其中政治的腐败是最显著的动因。

1.淡泊功名，儒商并崇

政治的黑暗催生出人们对政治的疏离，在对官场失意的背景下，文人们开始在被视为四民之末的商人身上寻找闪光点，提出了商人是正常"治生"，未必就属"奸"，有人甚至提出"良贾何负闳儒"的思想。商人们也自觉地树立自己的身份意识，以良贾的形象谋求自身事业的长久发展，商人与文人的冶游经常化，有的文人的著作经商人资本赞助得以出版，如竟陵派代表人物钟惺在为友人募刻书册的题跋中曾说："富者余赀财，文者饶篇籍，取有余之赀财，拣篇籍之妙者而刻传之，其事甚快。非惟文人之利，而富者亦分名焉。""贾为厚利，儒为名高"，商人与仕人的结合使得商人的社会地位亦有所提高，有的商人恪守重义轻利的信条，对晚明道德规范的维持起了积极的作用。

2.抑理尊情,欲海浮沉

理学与科举制度的结合抑制了士人的个性和创造性,易于培养士人的奴性品格,造成思想文化的沉寂局面。至明中叶,随着王阳明心学在哲学内部对理学的冲击,抑理尊情的呼声逐渐高涨。以李梦阳、王世贞为代表的"前后七子"在文学领域内开展了持久的复古求真运动。以唐寅、文征明等为代表的吴中文人以行动表示对礼教的背弃。到晚明时期,戏剧家汤显祖和通俗文学大师冯梦龙更是高扬"情"的大旗,提倡轻松愉快的生活方式。文人们纵情于声色酒茶,走向了传统礼教的对立面。

3.厌弃仕宦,热中归隐

晚明归隐成为一种风气,像李贽、汤显祖、袁宏道等都走上归隐的道路。李贽任云南姚安知府,任期刚满就提出辞职,同僚们都感到诧异,因为升迁的希望就在眼前。殊不知李贽早已对浮名和官场感到厌倦。数十年的仕宦生活是以个性和自由的丧失为代价的,他渴望过真正自由的生活,因此,辞官之后他没有回家,即把妻子子女打发回家,最终又剃发出家,不过他对世道和时事实抱有一份狂热和执着。其他许多归隐之士尽管走向归隐,却仍不失对社会的责任感,他们时常在寻找着报效社会的机会。

4.求禅问道,寄情山水

在皈依佛门的知识人中,同样并不意味着对世事的远离,甚至在寄情山水中创造了灿烂的山水文化,山水与宗教往往使沉湎于世俗享受的晚明文人的灵魂得到净化和升华,也促成了晚明文人反省和忏悔意识的萌生。

5.唯我独尊,狂傲无比

在晚明文化舞台上,有一支蔑视偶像而唯我独尊,冲击礼法而张扬个性,高扬个性解放旗帜的文化狂人。泰州学派的王艮、王畿都强调自我,蔑视礼教,后继者颜山农、何心隐等更是敢于抨击朝政之弊、道德之伪和人心之妄,并不惜为理想而献出生命。

三、晚明文化繁荣的几点思考

1.晚明社会经济的繁荣为文化繁荣奠定了坚实的基础,人们生活水平的提高促进了对文化产品的需求,各种形式的通俗文艺形式竞相登台,显示自己的存在,并形成各自的受众群。社会虽然分化出若干等级,但这种等级又在商品经济的大潮中不断经历着变化,这些变化有些是符合传统道德规范的,有些则背离了传统道德规范,人们对价值观念的思索变得迷茫,变得更加多元化。

2.晚明属于社会大变动的时期,新旧观念彼此争竞,各种纷乱局面驱动人们思索更多乃至更本质性的问题,包括人性、道德、节操等等问题,连善恶判断也较传统时期更难以作出。

3.晚明政治舞台上陷入了恶性循环状态,政治斗争残酷,政争纷然,在面对生死、面对良恶等问题上,人们更容易激发一些闪光的思想。在晚明时期,亡国之忧萦绕于知识人的心中,明清的易代更驱使知识人们品味亡国之痛,知识人们不得不思考起有关政体、王朝命运等问题。

4.晚明社会思想文化的繁荣也有若干惨烈的教训,许多有思想的文人在政争中殒灭了,这往往不是因为他们思想存在什么是非,而是因为他们陷入了政治斗争的泥潭,这或者当看作那个时代的悲壮之处。

(原刊《厦门大学报》2007 年 5 月 11 日"说史"专栏)

"谶纬"杂说

谶是秦汉时期巫师、方士预示吉凶的隐言，纬则附会儒家经典，以完成经书的义理和旨意。《四库全书总目提要》说："谶者诡为隐语，预决吉凶"；"纬者经之支流，衍及旁义"。谶与纬作为神学预言，在实质上没有多大区别。谶纬合而为一，对隋以前中国社会政治、经济、哲学、文学、道德、伦理、科学、艺术、宗教、神话影响巨大。

秦始皇时，听信"亡秦者胡也"的谶语，以为胡就是北方的匈奴。为铲除这莫须有的后患，"不叫胡马度阴山"，命大将蒙恬率三十万大军北伐，又劳民伤财修筑长城，防御北敌南侵。连年无休止的征战、劳役，搞得国力枯竭，民不聊生，演成孟姜女哭倒长城的咏叹；激起民愤，擂响陈胜、吴广因失期当斩不得已而揭竿的战鼓。刘邦、项羽则均怀抱"大丈夫当如此也（指像秦始皇那样）"起而西征讨秦，使秦朝覆灭。秦因胡（匈奴）而衰落，又亡于二世胡亥手里。谶纬者之言似乎有了应验。

盛行于中国汉代的谶纬似乎有古代河图、洛书神话、阴阳五行学、天人感应说理论作为依据，他们将自然界的偶然现象神秘化，并视为社会安定的决定因素。

西汉末年，王莽将阴阳学与儒学杂糅，发展出一套祥瑞、浮命与异兆学说。元始五年（5年），汉平帝崩，他一手策划出井中白石之谶语故事，说武功长孟通浚井得一上圆下方的石头，石头上有"告安汉公莽为皇帝"的刻字。类似的造势还有一连串，如井下石头上"摄皇帝当为真"、"赤帝行玺某传予黄帝金策书"等等，均将王莽置于"受天明命"的状态之下，即"莽当代汉有天下云"。靠符命窃取帝位的王莽很快便陷入困境，甄寻作一符命，说："黄皇室主（即汉平帝皇后，王莽之女）为甄寻之妻"，王莽认为这样的符命易引起臣民对其政权的动摇之心，以"诈立"罪名杀了甄寻。其后有谶语说新朝当立李姓为辅弼，还有谶语说欲"以百二十女致神仙"……谶语的盛行迅速地挖空了新朝的统治根基，新朝终于以历史上最短的朝代而告终。

东汉初年，光武帝刘秀曾以符瑞图谶起兵，赢得江山，即位后"宣布图谶于天下"，谶纬之语成了政治统治的工具。到东汉末年，谶纬转而成为促成东汉走向死境的加速器。有人将社会的不安定原因直指朝廷奸臣董卓，并有"千里草，何青青，十日卜，不得生"的谶语，不久，董卓遭到诛杀，接着社会上又流行"苍天已死，黄天当立，岁在甲子，天下大吉"的谶语，东汉政权因而被黄巾军摧垮。

东汉之后历魏晋南北朝，谶纬之言时时而兴，政坛变幻频繁。到公元581年，杨坚建立隋朝，随后完成统一。到605年，杨广继位，为隋朝第二个皇帝，即隋炀帝。他虽在位仅13年，却也建树不少。大业元年（605年）开始的科举制度，为以后中国社会人才选拔方式提供了一个蓝本。他下令撰写的《区宇图志》共1200卷，是一部图文并茂的全国地理专著，在中国地理学发展史上占有相当的地位。他继承父业完成的京杭运河对沟通中国南北经济文化亦贡献甚巨。特别值得一提的是他于即位之初，"乃发使四出搜天下书籍，与谶纬相涉者皆焚之，为吏所纠者死"。梳理以下的历史，我们确实再难见到谶纬之学的影子，诚如晚明张燧所说："自是无复其学，有功名教不浅也。"

（原刊《厦门大学报》2013年4月19日"校园茶座"专栏）

"礼"、"兼并"与"奢靡"小议

中国传统社会是一个依靠具有等级色彩的"礼"来维持的社会,"名位不同,礼亦异数"(《左传·庄公十八年》)。行礼依贵贱、尊卑、长幼而界分。所以荀子说:"故人之所以为人者……以其有辨也……故人道莫不有辨,辨莫大于分,分莫大于礼。"(《荀子·非相篇》)"礼者所以定亲疏,决嫌疑,别同异,明是非也。"(《礼记·曲礼上》)"故先王案为之制礼义以分之,使有贵贱之等、长幼之差、知贤愚能不能之分,皆使人载其事而各得其宜。"(《荀子·荣辱篇》)到董仲舒时更明确提出,礼乃"序尊卑、贵贱、大小之位,而差外内、远近、新故之级者也"(董仲舒:《春秋繁露》卷九《奉本》)。社会关系依礼而定。贵有贵之礼,贱有贱之礼,尊有尊之礼,卑有卑之礼,长有长之礼,幼有幼之礼。每个人必须按着自己的社会地位去抉择相应之礼仪,合乎者为守礼,否则便是非礼。春秋时期,超越礼仪的现象甚多,因而社会便处于动荡不定之中,汉儒从春秋历史的反面总结出守礼是实现社会稳定的基本条件,致力于修礼当是统治者的为政之首务。

用礼的标准来衡量社会中的人众,自然要求社会地位高者享受较高的经济地位,从四民阶层的序列而言,士、农、工、商的顺序就意味着农必须处于较工、商更高的社会地位和经济地位,但春秋战国以来,商人兼并农人的现象却很严重,商人不耕作却可以衣锦绣、食粱肉,这很容易引起自认为优越于商人的农人的弃农而业贾。这对政府的赋税、社会的稳定都是不利的,因而不能不引起统治者的高度重视,竭力从法律上"尊农人,抑商人"。

在董仲舒眼里,汉代较严重的社会问题就是"兼并"问题,是超越"礼"而敛财敛名的行为的盛行。譬如作为一个平民百姓,必须是只具有维持基本生活水平的生活资料的人,相对于其身份而言,"甚贫"或"甚富"都不好,因为"甚富不可使,甚贫不知耻"(阮元:《十三经注疏》卷一二《侈靡》,中华书局1980年版)。《礼记》卷五〇《坊记》他说:"小人贫斯约,富斯骄。约斯盗,骄斯乱。"而作为一个食禄之家而言,必须"饮食有量,衣服有制,宫室有度,蓄

产人徒有数，舟车甲器有禁。生有轩冕、服位、贵禄、田宅之分，死有棺椁、绞
衾、塘袭之度。虽有贤才美体，无其爵不敢服其服；虽有富家多赀，无其禄不
敢用其财"（《春秋繁露义证》卷七《服制》）。显然，不同身份的人有不同的用
财之度与处世之尺，即"礼"。遵循这个尺度就是守礼，否则在经济上就表现
为"兼并"。从这个意义上说，并非拥有土地多者就全来自兼并，只要他拥有
的土地超过了其身份应拥有的份额，他就属于兼并者，就应该被抑制。因
此，抑兼并实际上并不是搞绝对的平均主义，而应该是有等级的平均主义。

　　自汉以后，依礼而消费也被认为是天经地义的事，一旦出现背离礼义而
超额消费则被人们斥为奢侈，反之则被认为是俭啬。

　　应该说，礼义观念在明清时人那里还是被普遍信奉的，如河南封丘县志
中提到社会生活中的各项仪式应该遵循礼义尺度，"其丧婚以礼，约不至陋，
丰不及靡……贫富不相耀，强弱不相侵，灾患相恤"（康熙《封丘县（孟）续志》
卷三《风俗》）。政府的法律也都有明确规定。但随着时代的发展，背离礼义
而超定制消费的现象较为严重，因而引起了世人的广泛关注。张瀚《松窗梦
语》："国朝士女服饰，皆有定制。洪武时律令严明，人遵划一之法。代变风
移，人皆志于尊崇富侈，不复知有明禁，群相蹈之。……今男子服锦绮，女子
饰金珠，是皆僭拟无涯，逾国家之禁者也。"说原本"望其服，而知贵贱；睹其
用，而明等威。今之世风，侈靡极矣"。（张瀚：《松窗梦语》卷七《风俗纪》，中
华书局1985年版，第140页；卷四《百工纪》，第76页）顾起元引明人王丹丘
《建业风俗记》说："嘉靖十年以前，富厚之家，多谨礼法，居室不敢淫，饮食不
敢过。后遂肆然无忌，服饰器用，宫室车马，僭拟不可言。又云正德以前，房
屋矮小，厅堂多在后面，或有好事者，画以罗木，皆朴素浑坚不淫。嘉靖末
年，士大夫家不必言，至于百姓有三间客厅费千金者，金碧辉煌，高耸过倍，
往往重檐兽脊如官衙然，园囿僭拟公侯。下至勾阑之中，亦多画屋矣。"（顾
起元：《客座赘语》卷五《建业风俗记》，第170页）奢侈与是否僭越、遵守礼法
紧密地联系在一起，范濂说："吾松素称奢淫黠傲之俗，已无还淳挽朴之机。
兼以嘉隆以来，豪门贵室，导奢导淫，博带儒冠，长奸长傲，日有奇闻叠出，岁
多新事百端，牧竖村翁，竞为硕鼠，田姑野媪，悉恋妖狐，伦教荡然，纲纪已
矣。"（范濂：《云间据目抄》卷二《记风俗》，第508页）姚世锡说浙江吴兴："吾
乡风俗，本尚俭朴，簪缨世胄，咸谨守礼法，无敢僭侈。"（姚世锡：《前徽录》不

分卷,第 343 页)社会要求人们各司其序,沿着属于自己的生活轨道生活,但社会的变迁却总是不断地对已有的规章提出挑战。如定远县,"民间皆用布帛,惟绅士及仕宦家时或有用绸缎者,贫女类着草花,贵家女亦只着翠花一二朵,尚素妆,不闻有饰金玉者;有之,群笑其奢靡"(嘉庆《定远县志》卷一七《风俗志》)。人们普遍认为应因自己的不同身份进行消费,即使是乡村中的贵家,也没有到能佩金饰玉的档次,否则就是超越本分,就是"奢靡"。龚炜在《吴俗奢靡日甚》中说:"吴俗奢靡为天下最,日甚一日而不知反,安望家给人足乎?予少时,见士人仅仅穿裘,今则里巷妇孺皆裘矣;大红线顶十得一二,今则十八九矣;家无担石之储,耻穿布素矣。"(龚炜:《巢林笔谈》卷五《吴俗奢靡日甚》,中华书局 1981 年,第 113 页)士人穿裘并不会遭人斥责为奢靡,只是到里巷妇孺皆裘时,才让人想到世俗出现了奢靡的现象,这说明明代人仍普遍受到传统礼义观念的深刻影响。正统的士大夫们则竭力对此类奢靡现象加以抨击。如"俗尚浮华,疏于礼节"(嘉靖《赣州府志》卷一《地理·风俗》引旧志)。"侈妇饰,僭拟妃嫔,娼优隶卒之妇亦有黄金横带者,俗之敝也,斯为甚。"(正德《建昌府志》卷三《风俗》)"尚侈靡者,僭礼逾分之不顾,习矫虔者,竞利健讼之弗已,所谓淳朴之风,或几于熄矣。"(嘉靖《常德府志》卷一《地理志·风俗》)耒阳"虽仆隶卖佣亦轩然以侈靡争雄长,往往僭礼逾分"(嘉靖《衡州府志》卷一《风俗》)。"竞奢侈者,吉凶庆吊饮食燕会之盛,尤多逾节。"(嘉靖《宁州志》卷一三《风俗》)"至嘉靖中,庶人之妻多用命服,富民之室亦缀兽头,循分者叹其不能顿革。万历以后迄于天崇,民贫世富,其奢侈乃日甚一日。"(乾隆《震泽县志》卷二五《风俗》)"宴席以华侈相尚,盖有僭逾之风。"(《古今图书集成·职方典》卷九七一《湖州府风俗考》,第 16419 页)"里俗本朴,近则仆隶菜佣亦泰然以侈靡相雄,长珍羞,服饰僭拟士绅,越礼逾分,莫此为甚。"(康熙《吴郡浦里志》卷三《风俗》)"不贵俭德,徒以华靡相高,丈夫被文绣服、纳彩履,女子服五彩金镂衣,以金铢翡翠为冠,嫁娶辄用长衫束带而乘驷马高车,家皆厅事,与官品第宅相埒。"(乾隆《将乐县志》卷一《风俗》)"丧礼以厚葬为美……至于私人皂隶越礼犯分,被服轻暖,真邮城之一蠹也。"(乾隆《高邮州志》卷六《典礼志》引隆庆州志)此类现象几乎覆盖了明清时期的绝大部分地区,变成了一种较为普遍的社会现象,也成为历代地方官员、家族、宗族及其他社会组织竭力矫正的对象,因为它确实不利于社会的稳定和谐。

明清时期的商业活动取得了较以前更大的发展，因为工商业者位处四民之末，但他们通过商业活动常能赚取到丰厚的利润，故动辄就可能冲破礼义对其衣食住行的规范，更容易表现出奢靡来。如《昭文县志》就认为工商业者逃避农业生产，"至于衣履有铺，茶酒有铺，日增于旧，懒惰者可以不纫针、不举火而服食鲜华，亦风俗之靡也"（乾隆《常昭合志》卷一《风俗》）。商人们逐渐走到社会生活消费的上层，其对社会的冲击是巨大的，《金瓶梅》就刻画了发迹商人西门庆家四季的花天酒地，足已令在他家落足的官僚们敬羡不已。士人们必然会拿起笔记录商人的行为奢靡。商人们为了摆脱这一困境，或由商返儒，或捐献，或报效，亦竭力使自己被社会主流价值观念所接受。张瀚说："今也，散敦朴之风，成侈靡之俗，是以百姓就本寡而趋末众，皆百工之为也。夫末修则人侈，本修则人懿。懿则财用足，侈则饥寒生，二者相去径庭矣。"（张瀚：《松窗梦语》卷四《百工纪》，第77页）把商人的思想规范在正统思想范围内，是明清社会维持稳定的重要前提。

人们认为经济落后地区效仿经济发达地区消费是整个地区奢靡的表现。如万历《江浦县志》说："然勤俭之习，渐入靡惰，农不力耕，女不务织，习于宴起，而燕游服饰强拟京华。"（万历《江浦县志》卷四《舆地志·风俗》）在福建，"福、兴、泉、漳四郡，用物侈靡，无论其他，即冠带衣履，间动与吴阊杭越竞胜，不知彼地之膏腴，此方之瘠薄，财力之难以与也久矣"（郭起元：《论闽省务本省用书》，道光《重纂福建通志》卷五五《风俗》）。贫人效仿富者消费是奢靡的另一种表现，如郓城，"迩来竞尚奢靡……贫者亦椎牛击鲜，合飨群祀，与富者斗豪华，至倒囊不计焉"（崇祯《郓城县志》卷七《风俗》）。康熙《南安县志》认为奢侈消费的始作俑者是富豪，以致贫民不顾其收入而竞相仿效，如婚礼方面"但多尚华侈，殷富之家，既喜夸耀，而善作淫巧者又逐时习，复导其流而波之，裂缯施采，雕金镂玉，工费且数倍，贫者鬻产以相从，特习俗不古，挽回为难耳"（卷一九《杂志之二》）。《枣强县志》亦认为富者诱导，贫者渐趋奢侈，"富者竞骛奢华，民亦骎骎效之，至有美一日之观而竭半岁之储者，盖慕昔人文物之名，不自知其入于淫靡矣"（嘉庆《枣强县志》卷六《风土志》）。二者都属于超越本分之所为。

我们以为，奢靡的主要参照系依然是"礼"，遵循了"礼"，就不是奢靡，违

背了"礼",或盲目攀附,或铺张而致贫,或荒淫颓废,都成为奢靡的具体表现形式。奢靡概念本身具有相对性,它本身就会随着社会的进步而变更其内涵。如果说兼并是对社会财富占有失衡的概括,那么奢靡就是对社会消费失衡的一种概括。

（原刊《团结报》2010 年 5 月 20 日第 7 版）

闽文化：由"处边缘"而"主中国"

"闽在海中"出自《山海经·海内南经》，原文是："瓯居海中，闽在海中，其西北有山，一曰闽中，山在海中。"对此，解释颇多。晋人郭璞说："今临海永宁县即东瓯，在岐海中；闽越即西瓯，今建安郡是也，亦在岐海中。"什么叫岐海呢？明代杨慎（升菴）说："郭注岐海；海之岐流也，犹云裨海"；明人何乔远在《闽书》中解释说："按，谓之海中者，今闽中地多得螺蚌壳、败槎，知洪荒之世，其山尽在海中"；也有不少解释说闽这个地方在大海当中。我们知道，在先秦文献中，虽然海时常泛言中国周边的大海，具有海域的概念。然而，一旦具体言及"海"时，大都指海表、海边、海岸线。如《尚书·益稷》："予决九川距四海。王肃云'九州之川也。距犹致也'"，"帝光天之下，至于海隅苍生"，"外薄四海，咸建五长"；《尚书·禹贡》："沿于江海"，"太行恒山，至于碣石，入于海"，"导黑水，至于三危，入于南海"，"又北播为九河，同为逆河，入于海"，"东为北江，入于海"，"东北会于汶，又东北入于海"，"东会于泗、沂，东入于海"，"东渐于海"（《禹贡》引文也见于《史记·夏本纪》）；《尚书·君奭》："丕冒海隅日出，罔不率俾"；《尚书·立政》："方行天下，至于海表"。此外，《左传·僖公四年》："东至于海，西至于河"；《国策·秦策一》："诎敌国，制海内"；《论语·颜渊》："四海之内，皆兄弟也"。这些先秦史籍里的"海"、"海内"也都是海边、海岸线以内的意思。理解"闽在海中"，较合适的意思应该是：闽处于中国周边海岸线的中部，或不妨说成是陆地边疆的中部，说闽越和瓯越均处于陆地边疆的中部，只能理解为这里早期记录历史的人迹罕至，只有大致和模糊的印象。没有文字，便没有历史；没有历史，也便没有地位。

秦始皇统一中国，"闽"方归入中华民族大家庭，秦在这里设置了闽中郡。但闽人和闽区仍长期被边缘化。尽管闽人曾助刘邦灭了秦，可等刘邦建汉之后，却将闽越一分为三，闽越王无诸仅得其中之一，另两部分分别给了东瓯王摇（后来的温、台、处州）和南海王织（后来的汀、潮州），对闽人实施的是分而治之的政策。梁启超在《中国历史上民族之研究》中说:"吾侪研究中华民族,最难理解者无过福建人。其骨骼肤色似皆与诸夏有别,然与荆吴苗蛮羌诸组皆不类。"或许梁启超道出了中原政权对于闽人长期以来的认识,这一认识就注定了闽的边缘地位。

但是闽文化却是开放的,海洋经济固然是其文明的底色,西晋以来汉人的大量迁移进入迅速改变着闽地的人口结构,中国的经济重心也逐渐由黄河上、中游向东、向南拓展,"闽"这一带有歧视意味的字眼于唐天宝年间被改呼为"福建",具有了"福地而建"的赞美色彩。薛令之于706年得中进士,成了福建文化起步的一个重要标志。从此,闽江入海口、木兰溪入海口和晋江入海口区域成为文化发展的先行区域。唐代面向海洋的国策使福建躬逢其盛,在东西方的海洋贸易中承担了重要角色。宋代统治者甚至认识到"开洋裕国"的重要性,提出了"市舶之利最丰,若措置合宜,所得辄以万计,岂不胜取之于民"的响亮口号。福建人依凭被王朝加以封号的妈祖神成了王朝"开洋裕国"的开路先锋。苏轼在《论高丽进攻状》中说:"惟福建一路,多以海商为业";南宋李文敏赋诗泉州:"苍官影里三州路,涨海声中万国船";泉州知府王十朋的体会是"北风航海南风回,远物来输商贾乐"。福建因海洋经济的发展,文化也获得了巨大的发展,乃至在朝廷里形成了让人眼红的"福建子"阵营,在中国版图内的地位之迅速提升彰彰在目。浙人叶适列举全国人文鼎盛之地:"今吴越闽蜀,家能著书,人知挟册。"过去人们用"闽蜀同风,腹中包虫"来贬低福建人和四川人,到南宋时,四川眉山人宋日隆是苏东坡的老乡,来福建连江做知县。他为《连江县志》作序说:"闽蜀风马牛不相及,前辈乃以为同风,每窃疑之。三载兹邑,目文物之盛,科之勤,习俗之俭,真与吾眉同。"宋日隆将闽蜀在文化上的发展突出出来,无疑实现了"闽蜀同风"向褒义的转化,不能不让人信服。某种程度上,我们能体味到在文化上具有地位的蜀人已有些感觉能与闽并驾齐驱是一种荣耀了。

如今冷观历史,我们似乎能明了这其中由"处边缘"而"主中国"的奥秘当在于:海洋经济是启动器,文化传承与融合则是推进机,二者合力,必势不可挡。

(原刊《厦门大学报》2009年3月8日"千百年眼"专栏)

居住在文化的空间里——走进福建土楼

"土楼"'以"土"命名,却让人产生无限的艺术遐思。日本东京艺术大学教授茂本计一郎描绘土楼是"天上掉下来的飞碟,地下冒出来的蘑菇"。20世纪60年代初,某国情报机构在卫星照片中看到土楼,竟误认为是核反应堆……就在一个炎炎的夏日里,我得到了一个走进刚刚获准为"世界文化遗产"的福建土楼的机会,亦触动了自己对土楼的思考。

土楼显示了对中国传统优秀文化的传承和创造

我们今天所说的"土楼"被认为分布于闽西永定、南靖和华安三县境内,前面往往冠以"客家"的限定语,土楼成为了客家文化的形象标志,为客家人来源于中原、客家人有意将中原儒家文化贯彻于建筑中的说法提供了实足的佐证。只要我们放开视界,就必须承认土楼中的五凤楼、方楼直至圆楼与徽州的许多家族建筑都有类似之处,这是迁移家族保存自我文化本能的一种体现。

客家土楼既代表了有着远古谱系的中原文化,又包含了客家人因应当地自然社会环境而作的创造。家族式的防御功能在《水浒传》中所描述的李家庄、祝家庄一样有所表现,亦与代表中华文化的长城所体现的精神一脉相承。

土楼与其他地区民居有着一样的文化精神。客家人的头脑里坚信他们的先辈是来自中原的衣冠之家,自然不同于化外之愚民,自然要将文化的因素加诸建筑之上。要知道,在传统社会里,谁掌握了文化,谁就处于社会的上层,尽管有些时候并不体现在物质上。土楼里留下的大量文字遗迹传达给我们这样的信息。看永定湖坑振成楼,"振纲立纪,成德达材"对联表达的是遵循儒家纲纪,追求德才兼备的宗旨;"干国家事,读圣贤书"说的是该土楼的主人是朝廷命官,正在为国家积极地效力;"振乃家声,好就孝悌一边做

去;成些事业,端从勤俭两字得来"揭示了成家立业均得坚守孝道,本于勤俭;"从来人品恭能寿,自古文章正乃奇","言法行则,福果善根"均贯彻了敦品、循礼、守正、有为的儒学品格。

必须承认,土楼由方转圆体现了客家人对传统文化的变通与创造,礼的规定本身就强调各安本分,不得"僭越",而土楼却动辄建起拥有数百间房间的超规格建筑,这或许亦包含了对当时政治格局不合理所产生的抗争。或者说许多土楼呈圆形,体现了长期潜存于民间社会中兄弟平等的文化理念,许多土楼为其他形状,则又表明了文化的变通与多元共存。

土楼是家族发展成就的形象化历史

历史的本质是"求真",近年兴起的"知识考古学"对许多文本史料产生了怀疑,而对原始的碑刻、账本倾注了极大的兴趣。我则不得不说,绵延于福建山涧之间的土楼群更易于让人把握到历史的原生态。客家人居住山区,勤劳节俭,他们甚至愿意将绝大多数经济积累凝固到土楼的建设上。土楼的规模大小某些时候可以显示枝大叶茂,却并不绝对。"求田问舍"是中国人长期笃信的人生价值实现的最高表现,客家人将之发挥到了极致。为了能让这形象化的力士保持久远,他们动用了虽说是当地易得但却十分坚固的建筑材料,建筑工艺亦臻于精熟,他们还千里迢迢从外地运来巨石镌刻家族的伟业。从土楼的历史中,我们不难看出为官和经商一样是土楼建造者们主要的财富来源。因此,我们说土楼是家族成就的记录,是自我竖立的纪念碑。一座一座土楼都包含了建筑者的审美意向,展示了自我的财力,表明了自己的文化倾向。

人们常说:"建筑是凝固的文化",从土楼的建筑缘起、土楼主人的人生历程、土楼的建筑设置、土楼的兴衰等角度,我们很容易切实地触摸到活生生的历史。在土楼之乡,曾经号称最大的土楼,后来却被更大的土楼所超越,新的土楼有的又更具艺术性,更加人性化。土楼家族的壮大史中包含了和平竞争、不断进步的内涵。

土楼因应了自然，体现了人与自然和谐的道理

中国传统民居因地形、气候、习俗、财力乃至族群等原因，呈现出千差万别的状况，有自然的因素，同时亦不乏人为的因素。文化实际上是自然与人文共同作用的结果。西北人因山而建窑洞，更多地表现为对自然的利用和顺应；西南人则为避潮湿而有干栏式建筑，体现的是对自然界不利因素的规避；苏北人民为应付反复光顾的水灾常只建筑低矮的草棚，展现的是避免灾害损失的消极抗争。土楼建筑在福建西部的山涧之间，或半山坡上，建筑学家解释：土楼"以生土夯筑，却巧夺天工。安全坚固，防风抗震，冬暖夏凉，阴阳调和"。"土楼建筑具有充分的经济性，良好的坚固性，奇妙的物理性，突出的防御性，独特的艺术性等多种优越性。"应该说土楼这种建筑亦包含了自己的地方特色，且更加精到地诠释了中国文化的内涵。建筑于山间，因地势而成，且方圆交错，各得其所，体现了天人合一精神。

我们今天看到的土楼具有很强的抗震功能。如永定的环极楼，1918 年经受了一次强烈地震，墙体裂开一道 3 米长、20 厘米宽的口子，震后不久，这道裂口却自然弥合，仅留下一道细纹。秘鲁著名建筑专家马图克多次来永定考察，回去后，他在自己的家乡如法炮制，也建造了一座土楼。落成后不久，即遭遇了一次地震，震中距他的土楼仅 10 公里，周围房屋全部倒塌，唯有他的土楼安然无恙。其实这抗震功能或许并不是先人最初考虑的因素，只因顺应了自然，才最终赢得了生命。一座座土楼代表了一段又一段原汁原味、形象生动的历史。任何对这一本质的误释误用，都可能是对土楼这一文化的毁灭性打击。

（原刊《厦门大学报》2009 年 3 月 21 日）

明代以来的厦门军事与经济

　　厦门成长壮大的历史似乎离不开军事和海洋经济这两个关键词,军事设置基本可以体现厦门海防地位的重要意义,海洋经济的发展则直接决定了厦门经济的世界性。

一、厦门地位提升首先是从设置军事设施开始的

　　福建沿海地区大体都经历了从军事区域逐渐转化为行政区域的过程。虽然此前厦门岛称"嘉禾屿"(唐大中元年,847 年),只是属于清源郡南安县大同场管辖的一个里。宋代泉州港兴起后,厦门居民有所增加,居民达1000余户,约 6000 人。元朝在厦门岛上设立了"嘉禾千户所",明代厦门称"中左所"。"千户所"和"中左所"都是军事机构。民国《同安县志》卷一七《武备》记载:"元至元十九年调扬州合必军三千人镇泉州,戍列城,置嘉禾千户所",道光《厦门志》卷三《兵制考》记载:洪武廿七年(1394 年)二月,在嘉禾屿建立了守御千户所,调永宁卫(位于水澳,今属晋江县)管辖的中、左两个所的军队来戍守,称为中左所。中左所设指挥正千户 1 名(正五品)、副千户 1 名(从五品)、指挥百户 1 名(正六品)、镇抚 1 名(从六品),隶属于福建都指挥使。军队有编制 1204 名,营房 987 间,在所城内。这表明从元代到明代,朝廷日益认识到厦门岛的军事价值,设置军事治所也进一步提升了厦门的经济地位,海洋经济初步启动,人口有所增加。

　　明代以来厦门海防地位的提升进一步加大了厦门作为一个军事性城市的意义。明初,正处于封建割据时代的日本,南北两个朝廷除互相争战之外,还常常支持和勾结武装海盗骚扰我国沿海地区。当时,北起山东、南至福建,倭寇四起,到处劫掠,给人民带来了巨大的痛苦和灾难。明太祖朱元璋即位后,连续派人出使东洋,但都无功而返。面对倭患日渐繁复的局面,明廷派周德兴在福建沿海修筑水寨。经过一番实地考察后,根据东南沿海

海岸线曲折、地形险要的特点,"一郡者设所,连郡者设卫",在闽省设置了包括厦门城在内的 18 个卫所。明洪武二十年(1387 年),江夏侯周德兴在福建沿海督造了烽火门、南日、浯屿、铜山、小埕等五座水寨,各水寨"各为分汛地,严会哨,贼寡则个自为战,贼众则合力以攻"。浯屿水寨建成后,周德兴拨永宁卫、福宁所兵丁 2242 人,加上来自漳州的兵丁,共计 2898 人戍守,由 1 名把总统领。浯屿寨位于大担南太武山外。戍守浯屿寨的是来自永宁卫、福全所的兵丁 2342 人,加上漳州卫的兵丁 2898 人,由一名指挥官统领,称为"把总"。景泰三年(1452 年),巡抚焦宏认为该寨孤悬海中,不便操控,将其移至中左所。当时,浯屿、铜山二水寨,浯铜、澎湖二游营均属厦门中左所管辖。嘉靖九年(1530 年)在海沧设立了安边馆,派缉私队巡海。嘉靖四十二年(1563 年)又在厦门增设海防同知一员,改靖海馆为海防馆。隆庆四年(1570 年),增设浯铜水寨游兵,统以"名色把总"一人,领兵 536 人,驻中左所。另外,卫所贴驾军 300 名,哨船 20 只。万历二十五年(1597 年)又设澎湖游兵,驻厦门。清康熙十九年(1680 年),同安石浔巡司移驻厦门港,改铸炮局为巡检署,康熙二十五年(1686 年),泉州海防同知移驻厦门,建厦门同知署,俗称海防厅。明天启元年(1621 年),设泉南游击 1 人,统辖浯屿寨军、浯铜游营,以防备"红夷"(泛指荷兰等外国侵略者),不久又裁撤。清代,浯屿水寨又进行了大规模的整修,水寨城墙周长 602 米,南北长 164 米,东西长 120 米,基宽 4 米,墙高 7 米,窝铺 11 间,城堞 413 个,箭窗 1032 个。四面设城门,东西二门筑有月城,城墙上有烽火台、瞭望台,并安放了铳炮。城墙还有二至三层的跑马道,四城各有一个水潭,有涵沟通向城外。城内建有墩台、馆驿、军营、演武厅等,军事防御体系相当完备,可见厦门一直是作为军事要地而受到重视的。历史上的浯屿水寨饱经战火,几度修葺又几度荒废。现浯屿村村部附近还有一块清道光四年(1824 年)立的石碑,题为"浯屿新筑营房墩台记",叙述的是当时在浯屿水寨寨城内新筑营房炮台的史实。立碑者是当时提督福建全省水师军务、统辖台澎水陆官兵的许松年。碑文说到"前明尝置守御所,有土城,久废,惟颓墙数堵而已",这是浯屿水寨军事功能最直接的历史证据。

朝廷军事设置的主要目的一是防御倭寇以及西方殖民者,一是禁绝走私。防御倭寇、西方殖民者侵扰符合沿海人民的利益,官方海防力量常常能得到民间海防力量的配合,抗击倭寇取得了一次又一次的胜利。明嘉靖二十六年(1547年),欧洲最早对海外血腥掠夺的殖民者葡萄牙贵族和商人,来到浯屿、大担一带,与当地不法之徒勾结,从事掠劫活动。巡海副使柯乔发兵攻之,葡人逃去。明嘉靖二十七年(1548年),倭寇侵犯浯屿,都指挥卢镗率兵出击,大败倭寇于浯屿,六月,倭寇再次进入大担海面,遭巡海副使柯乔攻击,寇退去。明嘉靖三十六年(1557年),一批倭船屯泊于厦门港外浯屿,分劫同安、南安、惠安诸县。次年五月,倭寇由沧泉至月港(今海澄镇),焚掠九都后出海,转攻同安县城。知县率众抵御,经铳击伤倭酋后,倭众始退。十一月,盘踞舟山北部的倭寇三千余人,在海寇高策、洪迪珍的导引下移巢浯屿。自此,倭寇不断劫掠厦门南北沿海诸县。明嘉靖三十七年(1558年),倭寇侵犯漳泉沿海,武装占据浯屿。四月初二,倭寇攻同安官澳巡检司,纵火屠城。同日,海盗谢万贯率船引倭酋阿士机自浯屿陷浯州。同安知县谭维鼎率乡兵出战,追击倭寇于浯屿海面,连战皆胜,生俘倭酋阿士机、安尾达等,使倭寇为之胆寒。五月,参将王麟、把总邓一贯于鼓浪屿及刺屿尾,打沉倭船几十只,打死打伤倭寇数百人。明天启三年(1623年),荷兰人进犯鼓浪屿、曾厝垵。浯铜把总王梦熊率兵出战,夺取3艘荷兰船,荷兰人败走。但入侵者不甘心,复率船直逼内地。王梦熊乃以小艇扮渔舟,藏火具,潜迫其旁,乘风纵火。此时,明军水师趁机进攻,焚毁荷船10余艘,生擒大酋件文来、律钦。是年十月二十四日,福建总兵谢隆仪与巡抚南居益又大破荷兰人于浯屿。十一月十七日夜,出其不意进行攻击,焚荷船一艘,俘获60余人。

防倭抗倭及反击西方殖民者斗争的胜利使朝廷加大了对厦门城市的建设,成为厦门经济发展的一个重要契机。

二、厦门海防成效的取得也与该地蓬勃发展的地方经济相互支持

厦门的军事设施被海寇破坏之后,许多海商能积极捐助修复那些军事设施,如今仍立于厦门大学大礼堂附近的《建盖大小担山寨城积略》中说:"厦门海口有大小担山二座,对峙海中,为全厦出入门户。向有两山腰建设炮台各一座,派拨弁兵防守。嘉庆壬戌夏,洋盗蔡牵驾船乘夜突至,数百人

蜂拥上山，弁兵仓猝，致被戕伤，抢去炮位。查大小担二山四面环海，弁兵数十名，腹背无应，势难固守，必须建筑寨城二座，上设大炮，堆积滚木、垒石，以上临下，盗匪断不敢登岸，庶可以永资保障。当经奏明，饬委员兴泉永道庆徕、厦防同知裘增寿察勘地势情形，公捐廉俸，鸠工购料，建筑寨城二座，周围三十三丈，连城垛高一丈四尺六寸。寨内各盖兵房九间，以资弁兵栖止；药库一间，以贮药铅，上盖望楼一间，输流了望。于是年九月二十八日落成。后之同事保斯城寨，勿至倾坏，庶全厦万家商民永无盗寇之警矣。嘉庆八年岁次癸亥，总督闽浙使者、长百玉德记。"碑阴记录为："闽浙总督堂玉捐廉三百员；福建巡抚部院李捐廉三百两；布政史司姜捐廉二百两；按察史司成捐廉一百两；粮储道赵捐廉一百两；盐法道陈捐廉二百两；兴泉永道庆捐廉四百两；厦防同知裘捐廉四百两；职员：吴自良捐番六百员；吴自强捐番六百员；洋行：合成捐番六百员；元德、和发共捐番六百员；商行：恒和、天德、庆兴、丰泰、景和、恒胜、源远、振隆、宁远、和顺、万隆；小行：同兴、承美、隆胜、益兴、万成、庆丰、联祥、源益、瑞安、坤元、振坤、振兴、鼎祥、聚兴、联成、丰美、万和、联德、捷兴；鹿郊、台郊、广郊，共捐番银四千八百三十员。"捐助人包括了政府官员、职员和洋行、商行乃至鹿郊、台郊和广郊商人，说明这项军事设置既是政府加强海防的需要，也符合商人开展商业活动的要求。郑垣奎说："方圣天子加意海疆，简舟师，严保用，将以肃清巨浸，奠安渔商。"可见海防与渔商发展相辅相成。

禁绝走私往往是以牺牲沿海人民的生计为代价的，因而遭遇到日益强烈的反抗。尽管代表农业文明的明朝廷力图遏制海洋事业的发展，但事实上海洋经济能带来巨大的经济利益，限制的结果不但没有禁绝海洋经济活动，反而因限制利润更高，参与者从小打小闹，转为富家大户、官僚与富户通同走私，卫所的军户逃亡参与走私现象也日益严重，军队的战斗力大大削弱。本来设于海岛的军事设施也被移到了陆上，海禁的缺口越来越大。隆庆部分开放海禁以后，厦门的出海贸易合法化，并与漳泉山海区域形成联动，厦门的海洋经济初步显现。冯璋《通番舶议》："泉漳风俗，嗜利通番，今虽重以充军处死之条，商犹结党成风，造船出海，私相贸易，恬不畏忌。"许孚远说："市通则寇转而为商，市禁则商转而为盗。"明后期，开禁设县通商之后数十年来，饷足民安。

厦门军户转为民户无疑加快了厦门地区经济的发展,增加了海洋经济的成分。明王朝时常从外地调来一些军队,这些军队的军人往往在当地安居下来。外来的商人,包括徽州商人也加入了海外贸易的行列,以致有的成为"假倭",消极地反抗着明王朝的海禁政策,给沿海人民的生命财产安全带来了严重的威胁。这是朝廷海防政策失当的重要表现。

三、明末,郑成功把厦门作为其抵抗清兵、收复台湾的根据地,厦门的军事化、商业化色彩更加浓厚

顺治十二年(1655 年),郑成功将厦门、金门两岛设置为"思明州"(后改为思明县)。康熙十九年(1680 年),清军攻占厦门岛,进一步统一了台湾,继而清政府将厦门和台湾作为同一军事区域加以管理,设置"台湾厦门兵备道",设道台一员,每年各驻台湾和厦门半年。厦门港位于月港的外侧,港阔水深。郑成功盘踞厦门后,使厦门成为东南抗清驱荷的基地,郑成功在这里练兵,从这里渡海东征而收复台湾。在厦门期间,郑成功大力建造航海大船,通贩日本、吕宋、暹罗、交趾各国,就连西班牙人、荷兰人、英国人也接踵而至,英国东印度公司还在厦门设立商馆。厦门以弹丸之地,养下郑成功二十万军队,足见他经营厦门海运的成效。

明末郑成功海上势力使厦门港一跃而为东西洋贸易的主要商港。当时厦门港是福建的通洋正口,又是台运的专门口岸,对南洋和台湾的贸易盛极一时,尽管从行政上说,厦门只是同安县的辖地,却具有福建经济中心的经济实力。鸦片战争后,厦门是被迫开放的五个通商口岸之一,又是台湾商品进出的转运港。厦门海洋经济逐渐实现着从传统向近代的转型。此时厦门的军事地位依然明显。一方面多次抗击过英、日等海军的进犯,另一方面成为台湾反抗日本割让前的后援基地。20 世纪在海峡两岸对峙中,厦门处于海防最前线。因此,厦门港军港、商港、渔港的结合特色显著。

厦门经济经历了从渔牧经济到海洋经济的转化。其海洋经济之取得巨大的发展是各方面因素协调配合的结果。

(原刊《团结报》2010 年 9 月 23 日第 7 版)

明清福建沿海"做客回"现象探析

明朝人王文禄《策枢》卷四说漳州民间："（海）寇回家皆云'做客回'，邻人者皆来相贺。""做客回"，从字面上看，是指在外做客之后回到故里，但在明清以来的福建，"做客回"则特指主要利用非法途径赴海外，经过艰苦打拼，再荣归故里，邻人前来致贺的现象。自明清至今，5个世纪已过，社会经济环境也发生了很大的变化，但时下此风仍盛。不久前的海地地震，有一批藏匿海地的福建偷渡客需要救援，这使该现象再次进入世人的视野。

福建先民具有开发、经营海洋的传统

学界关于南岛语族的有关研究揭示：福建是南岛语族的祖居地，在公元前4000年到公元前1000年间，中国东南沿海的新石器时代居民就通过"东山陆桥"到台湾，再航海到达了菲律宾、印度尼西亚、马来群岛与太平洋的西部。这片南岛语族居民因为生活在海洋环境中，富于流动，因而覆盖了今天的马达加斯加、印度尼西亚、菲律宾、新几内亚、新西兰、夏威夷、麦克罗尼西亚、梅拉尼西亚、博洛尼亚、中国台湾等各个岛屿。1996年，巴丹群岛的一名女子 Lida 嫁到兰屿椰油部落，族人从古老口传中发现两地血缘与文化同源。1998年，台湾雅美人赴菲律宾巴丹岛"寻根"，竟可以直接用母语沟通，彼此都有回家的感觉。进入近代以前，民族国家的概念尚未生成，所以出海行走就像走亲戚一样。

明清福建人的航海技术达到了较高的程度，"福船"曾带着郑和下西洋。跟随郑和出海的人员中，福建沿海人占很大比例。福建人王景弘是当时郑和的重要辅弼。他们使用绘制相当精确的航海图，利用司南、海道针经和过洋牵星术、多盘等指引方向，直至航行到非洲东海岸。当郑和航行湮息之后，散于民间的船户利用这些技术继续开拓和延伸着海上航线。

海禁：出海者成为海外移民

明代以后，朱元璋想恢复"成周"之片治，他非常不理解为什么作为大明王朝的子民要越境出洋，认为他们是"自弃王化"，因而必须被禁止回国。细细考察，福建沿海人民流寓客居海外，有的就是由于政府采取严厉的海禁政策所致。本来早期的人们多是"靠山吃山，靠海吃海"，海禁断绝了他们海上作业的道路，他们只能流寓海外。

由于海洋上风候多变，时常还会出现漂流现象，一些航海者是在被动情况下沦为海外移民。有些在海禁相对宽松时期走出去的人们，在海禁严厉时亦归国无门。移民海外的规模不断扩大，然而他们却成了"海外孤儿"。当各国纷纷为海外侨民谋求利益时，明清政府多视其为"叛臣"而任由外国势力宰割，那些西方列强正是在征服海外华人之后，萌生了征服中国本土的野心。此外，海洋天灾如风暴潮、台风、地震等均可能让生民破产而流寓海外。

福建沿海自然环境适合出海

福建海岸线曲折，易于躲藏，而明清政府即使是在加强海防建设的时期，仍然只是延续西北陆防所采用的设点防御的办法，实际上海防必须是全线防御，这在当时却做不到，后来虽然逐渐线式防御了，但时常又会松懈、被腐蚀，漏洞仍多。出海口那么多，想出海偷渡者总能找到机会。

国外对丝绸、瓷器、茶叶的需求激增，福建沿海居民出海后可以建立起这些商品贸易的网络，譬如从马尼拉到墨西哥漫长海上商业航线就是这样建立起来的。在明中叶以后，世界资本主义经济蓬勃兴起，关于海外遍地都是黄金的传说更多，许多人制作木帆船加入贩运的船队，从事起丝绸、瓷器、茶及其他日用品的贸易。成化、弘治时期，私人海上贸易形成了巨大的规模，为抵制官方的阻挠，他们采取了武装走私的新形式。长期的较量之后，官方改变了强硬的办法，从隆庆元年起，宣布开放漳州月港为合法的海外贸易港口，这一改变方便了沿海居民外出经商，"做客回"更是大批涌出。

尚利、尚勇的价值取向逐渐形成

放浪大海是沿海男子的基本价值取向,读书已不受人们的重视,守在家里再好均被视为没出息,甚至人们不讳言自己家里有人偷渡出海,海外侨领亦参与到引导乡人偷渡的行列中。遇到海难,这也只被认为是若干成功事例之外的少数失利。改革开放后,福建沿海经济已有了很大改善,但出海势头仍盛,有些"蛇头"对沿海居民故意编造奥巴马总统会推行大赦,让非法移民合法化,在美国随便干 1 小时顶在国内打工 1 天或几天的舆论;而对美国政府则编造这些非法移民遭遇政治迫害等谎言,对沿海居民仍产生了很大的动员作用。

流寓到海外的福建沿海居民起初两手空空,只能做一些体力活,慢慢开始从事一些小本经营的商业活动,包括开饭店、洗衣店、制衣厂等等。资本积累到一定程度之后,再进入贸易行业、银行业乃至制造业,事业由小到大,资金越来越雄厚。尽管许多人经由非法的途径到了国外,但通过大赦等途径合法化之后,他们可以成为侨领,乃至逐渐进入主流社会,谋求政治职位。

这些海外移民在改革开放后,纷纷取得了"做客回"的资格,于是家乡到处盖起了洋楼。有人说,这些洋楼正是移民海外发展取得辉煌业绩的重要体现。"做客回"的故事仍在延续。

(原刊《中国社会科学报》2010 年 2 月 25 日"走进历史"专栏)

历史变迁中的泰州文化

一、泰州城河的历史变迁

泰州的历史兴衰是与周边环境的变化、当地官员的更替等因素密切相关的,历史名人的过往会在泰州留下痕迹,扬州的兴衰能影响泰州的兴衰。泰州与外界的联系经常通过水路来实现,城河是进入泰州的最后一站,泰州的历史变迁可以通过城河的变迁得到体现。

宋代范仲淹在泰州监西溪盐场任职,滕子京时任泰州军事通判,两人结成很深的朋友关系。"君子不独乐,我朋来远方"是他们之间友情的贴切表达。范仲淹在任兴化知县时修建的范公堤体现了其"以民为本"的执政理念,其"先天下之忧而忧,后天下之乐而乐"的思想概括了古代贤臣的普遍心声。

明代泰州是被朱元璋舍弃的地方,因为这里曾是张士诚的老巢,洪武初年常遇春率师取泰,久攻不下,乃至对泰州产生了厌恶之心。常遇春甚至自泰兴开水道即今由口岸来泰之河,行水陆夹攻之势,从西门攻入泰州,大肆焚杀自不待言。明太祖还决高堰之堤,直注淮扬,演成"倒了高家堰,淮扬二府不见面"的惨剧,泰州"城中三尺水,坡子七人家"。城河的漫溢几乎毁灭了泰州,明初的这一变局使泰州人口迅速减少,这也使泰州成为江南士绅移居的区域。民国《泰兴县志》卷二四说:"试征诸氏族谱牒,大都皖赣名族,于元明之际迁泰。"

到太平天国时期,是江南移民来泰的又一契机,因为"太平军之役,天下纷扰,江南为洪氏所领。江北已处处不安,惟泰以地僻,未遭陷落,官署机关,固多设于泰,人民避乱而来者,尤为不少。事平之后,往往留泰不返"(《泰县氏族略》稿本,泰州图书馆藏)。"清初有避乙酉之乱而来者,扬州既下,十日屠城,人民逃于泰者不少,至于清末,辛亥革命,满人恐遭仇杀,京口驻防家属随吾泰吴王树费季桥两先生来泰避其祸者,有罗姓、赵姓,时吴费为京口八旗学堂教习,故渡之以师也。"这也是泰州移民的一个来源。

其他像从戎的、作宦的、经商的经城河而移居泰州的也不少。从戎的如"王砺品之祖,以昌黎人为泰州守御,而家于泰"。作宦的如"明清两代,作宦于泰,乐其地僻俗淳而家于此者往往有之,如静海宫氏,其先以摄州篆来泰,遂家焉"。"宛平钟氏名灵,官泰州州同,殁后子孙遂家于此。""钱塘许姓,屡官于泰,而子孙即居此间,俗称许公馆者亦是也。"经商而移居的主要是皖商,洪姓、胡姓是大姓。胡震泰、胡源泰等长期在泰州做茶叶生意。新安会馆、旌德会馆是徽商的根据地,另有做烟业的福建人建的闽中会馆,做油漆生意的京江人建的京江会馆等,会馆为客商实现土著化提供了中间环节。(《泰县氏族略》稿本,泰州图书馆藏)

在泰州,有的家族成长为大家族,如"港口居民千余户,而陈、宋两姓最多数,俗有'三陈七宋'之谚"(《吴陵野纪》卷二《三陈七宋》)。另有"宫、陈、俞、缪四大乡绅"之谚。宫氏祖籍静海,明初始祖智达摄州篆,遂家于泰。明清之交,科名鼎盛,宫伟镠、宫梦仁名尤著。陈本吉水望族,自上望迁马田,道新避陈友谅乱,复由马田迁泰。清初登科第者多,陈泗源太史厚耀,以算术受知,赐翰林院修撰,世尤荣之。俞氏始祖兴一,明永乐间由苏迁泰,俞铎顺治壬辰传胪,俞梅康熙癸未进士,皆为名太史。缪氏系出兰陵,元至正间,缪古兴由嘉兴迁泰,遂为泰人。明清间科名不绝,缪太史沅康熙己丑廷试,探花及第,祖培乾隆戊戌会元,六十年间两大科名,允称盛事。当时望族,所以推此四姓为最。今则兴衰异势,不无今昔之感,然其子姓犹复繁衍也。(《吴陵野纪》卷二《宫陈俞缪四大乡绅》)

《吴陵野纪》卷二还说:"年来城市富绅,妇孺咸知者,莫如支、庐、王、管、沈,其财力之厚薄,势力之大小,虽略有差异,而邑人言及城绅者,必连类及之曰'支庐王管沈'。支本丹徒人,清同治间支筠庵观察方廉,曾官浙江温处道,侨居于泰,遂家焉。今雪琴,更生皆以富著,邑庐有南北之分,居城南者曰南庐,居城北者曰北庐,皆明进士庐千骊后。永乐元年,由苏迁泰,今以南庐为富,嵩亭先生福保生子四,以求、志、达、道名之,长求古,次志古,三达古,幼道古。求古官知府有政声。王亦旧族也,其始祖景隆,明庠生,由苏迁泰。自乡贤公沂中(世丰,举人,官学正)而后,科名鼎盛,子勤太史(广业)以耄龄重宴恩荣,大富贵亦寿考,生丈夫子十二人。族益大。邑人询其族者,金以行第为别。称之曰'王几房'。管氏由其始祖全于明初迁泰,居东台,八传至枕,迁本城。清光绪甲午石清先生(得泉)以进士官知县,作宰诸城。诸城夙称优缺,先生宰是邑,办契税,考上上,而宦囊之富,亦基于此。沈氏自明御医露迁泰后鲜闻达,惕斋先生(秉乾,更名铸)以光绪甲辰进士起家,官京曹,光复后家居不仕,五姓源流大略如此。民国十六年春,孙军某师驻泰,悉索敝赋,民力殚矣。唯此五姓,出其藏金以供苛求,日凡数百元。五姓分担之,支最多,沈最少,按时输进,名曰'叛墩',秩序赖以无扰者达两旬,不可谓无功于地方也。"《续纂泰州志》卷二八《流寓》记载:"支方廉,自简庵,丹徒人,官至浙江温处道,清同治十一年(1872 年)侨居泰州。"庐福保,字嵩亭,岁贡生,清末任泰州学会会长,庐求古,字义侣,清光绪十七年(1891 年)举优贡,历任甘肃隆德、宁夏皋兰等处知县(民国《泰州县志稿·人物》)。"王世丰,字沂中,清嘉庆二十四年(1819 年)举人,官金山线训导。《续纂泰州志》卷二四《仕绩》有传,王广业,字子勤。清道光三年(1823 年)进士,官至福建兴泉永道,《续纂泰州志》卷二四《仕绩》有传。

明末泰州学派麾下也团结了一批南来北往的读书人,部分成为泰州新的居民。

二、泰州的文化特征

(一)泰州文化生活体现出明显的层次性,社会上层与普通民众均有其消费场所

泰州生活了各个层次的人们,有官员、富商、盐民,他们的消费标准自然很不一样,显示出明显的层次性。

当盐业兴盛之时,在泰州为盐官是肥缺,清赵瑜竹枝词说:"泰坝官儿缺最优,自称本府忒风流。一年一度真调剂,不愿生封万户侯。""藩宪衔连运宪衙,候补人员纷若麻。走过大街穿小巷,公馆一家挨一家。"(李兆贵、王申筛:《独特的泰州税文化》,中国文联出版社 2002 年版,第 139 页)官员和候补官员成为当时的一个庞大群落。

随着盐业的兴盛,仓储业得到发展,清赵瑜竹枝词说:"我是西仓盐业人,过盐眼见往来频。残纲销尽新纲转,间有凶荒足济贫。"佛教寺庙光孝寺

得到了商业余润的滋养,"光孝年来气运昌,丰收大众有斋粮。法王第一显灵应,火药局归盐义仓"。(第139~140页)

一些贫寒之人也从发达的盐业中分得一丝余润。清康发祥竹枝词说:"抬盐浦在北门西,丰歉居民命不齐。满地雪花多拥彗,天将余利养穷嫠。"(第129页)当淮盐销售扩大后,服务业随之而起,"票引新章换旧章,通湖达广远招商。沿河多少官盐栈,包买还包代客装"(第132页)。清赵瑜竹枝词说:"屯揽包收俱罄尽,起装钩扛半摧残。可怜坝客皆绅裔,也学分钱摆地摊。"(第140页)牙行业繁盛是盐业繁盛的一个缩影。

城河是泰州民众休闲娱乐之所,朱余庭有竹枝词:"五月城河浅水流,喧天锣鼓闹龙舟。锦标夺得人争羡,泰坝衙门都皂头。"(第133页)或许由于泰坝税务部门的执法人员长期游离于河上,因而水性良好,轻松夺得了龙舟赛的头筹。

泰州生活着大量的灶户,属于下层,他们辛勤劳作,却收获甚少,时常还要被苛刻的税吏勒索,因而时常生活在社会的温饱线以下。他们的消费往往已较低下,在泰州东南城郊有大量这样的饭店,"城南市面不若城北之盛,而小饭店特多,盖南乡农民平居鲜食米饭,偶至城区,争以一饱为快,故业是者甚伙"(《吴陵野纪》卷二《城南小饭店》)。

(二)泰州文化具有包容性,本地文化与外来文化相互共存,取长补短

外地来贩盐的时常能赚个碗钵满满,湖广人争相来营,楚音盈耳。因为生意的繁盛,河面宽阔,连水草都少有踪迹。即"断港支潢没草莱,大河风送峭帆开。天滋一水明如镜,绕过东门雉堞来"(《独特的泰州税文化》,第124页)。南来北往的商人激活了泰州的繁华,"烟水南关取次过,米盐捆载入长河。舟行卅里通姜堰,市肆喧阗䜣侩多"(第124页)。当商业繁盛时,泰州民众的生计得到的保障也多,各类仓储建立起来,如"创修廒库为储粮,不待屯田也救荒。红粟海陵传万古,盐仓东去太平仓"。泰州南门多丰腴之地,北门则主要为商人行盐之地。所以当时有谚语说:"南门田,北门盐,东门鬼,西门水。"竹枝词则说:"闻道此邦财力富,南门田与北门盐。"东门外主要为冢地,西门不设吊桥,留有广阔的水面便通舟楫。盐商们在行盐中获得了厚利,自然会把盐宗庙建设得特别的辉煌。史载同治二年乔鹤侪抚军官运

使时,创建盐宗庙,祀夙沙氏、胶鬲、管夷吾三公栗主,更毁五通神淫祠,拓为小香岩别墅,皆淮商踊跃捐建,古木寿藤映带于两寺之间,颇极尘外之胜。当时南通和泰州共分布有二十处盐场,其中包括通属丰利、掘港、石港、金沙、吕四、余东、余西、角斜、栟茶,泰属富安、安丰、梁垛、东台、何垛、丁溪、草堰、刘庄、伍佑、新兴、庙湾。商人们过去靠占窝掣盐,后来根除窝制,改为票法,设栈掣盐,西河嘴乃盐艘停泊处,掣盐过坝,日夕喧阗,其俗相沿已久。当盐务机构均移至泰州后,行盐船只均需在泰州获得运司的护照,于泰州、安庆、湖口、吴城过关卡,取得合法行盐资格。由于泰州成为粮台等大小官员的住所,文武官员达二百多人,他们赁屋而居,租金迅速提高,柴门蔀屋尽为公馆。史载"至百姓之流离转徙者,虽一椽仅蔽风雨,亦必预纳租金,始准栖止"(第 128 页)。

(三)泰州文化具有高雅性,南来北往的文化人引领文化趋向优雅

清初扬州呈现一派萧条的时候,泰州成了安全的避风港。泰州延续了扬州安适的生活风格。"早上皮包水,午后水包皮"的习俗在李斗的《扬州画舫录》中有较多的描述。如卷一《草河录上·浴池·茶肆》记有开明桥有小蓬莱、太平桥有白玉池、缺口门有螺丝结顶、徐宁门有陶堂、广储门有白沙泉、埂子上有小山园、北河下有清缨泉、东关有广陵涛,在城外还有坛巷的顾堂、北门街的新丰泉等均是浴池,茶肆则有二梅轩、蕙芳轩、集芳轩、腕腋生香、文兰天香、丰乐园、品陆轩、雨莲、文杏园、四宜轩、小方壶、天福居、绿天居等。(李斗:《扬州画舫录》,学苑出版社 2001 年版,第 19~20 页)韦明铧先生描述扬州人除了喝茶、沐浴之外,经常还流连于澡堂,用一丈青挖耳等。茶园里往往设有戏馆,"邗江戏馆叫茶园,茶票增加卖百钱。茶果大包随意吃,时新正本闹喧天"。"邗江遍处是茶坊,扬款焉如苏式昂。三五七文粗细碗,手巾把子水烟装。"(韦明铧:《扬州文化谈片》,三联书店 1994 年版,第 264 页)扬州的做法有些模仿苏州,而泰州的习俗则多由扬州迁染而来。

进入晚清,泰州的休闲娱乐业取得了长足的发展,旅馆业兴盛,泰州城内有茶园寓客。"茶社兼为旅馆,清末盛昌实口其始。当时鸦片盛行,早晨茶罢,一榻横陈,极吐雾吞云之乐,社中兼营饭菜,旨酒佳肴,咄嗟立至,晚则征歌选色,丝竹可以怡情,入其中者,如入世外桃源,不复知人间有忧患事,

故营业盛极一时。迨几经变迁而至于今，情况虽殊，而以茶社兼营旅馆则如故也。惟继起者已有多家，无复当年之盛耳。"(《吴陵野纪》卷二)

"旧式旅馆，皆称客栈，或称客寓，而吾泰方言则称下处，犹言下榻之处也。其门首恒悬大方灯笼，上书栈名，其名类以氏族为识，如'缪大房'、'杨二房'之类皆是。室小而不洁，惟其值至廉，节俭者恒乐就焉。"(《吴陵野纪》卷二《旧式旅馆》)

"城市旅馆介乎新旧之间者，曰留春社。旅客多上流社会。是社之创已三四十年，初名长春。其地近大东桥，花丛环绕，极丝竹管弦之乐，地方人士咸藉此选色征歌，视为娱乐场所。后改名吟春，最后改今名，其历史可称最久。"(《吴陵野纪》卷二《留春社历史》)

"近时旅馆以大方最为宏阔，达官贵人多集于此。其门联曰：'大无不赅，方以类聚。'颇切当自然。当联军莅泰时，白宝山驻大方旅馆，初入门，适当深夜，门前刀戟森严，铄铄有光，与电灯光彩相映，令人不寒而栗。讵入门时，电光忽暗，阴气逼人，旋复大放光明，而白已入内矣。在电灯光黑暗时，伺候于左右者，不知有何变化，人人自危。军阀之威，令人可怖者如是。"(《吴陵野纪》卷二《大方旅馆》)

泰州人的生活趋向于雅致化，即使是茶社、旅馆和浴池也喜欢用上典雅一些的名字，譬如茶社被命名为"一枝春"、"海天春"、"半亩轩"、"漱芳"、"曲江"，旅馆被命名为"留春"，浴池被命名为"小沧浪"、"甘雨香"、"白云泉"等。各家饭店都喜欢用纸灯笼作为市招，有的写有"家常便饭"字样，有的写有"鸡汁淮饭"、"三鲜连面"；浴室的市招常写有"小沧浪名池"、"百花潭名池"；旅馆的市招则为"杨大房"、"缪二房"、"安寓客商"等，这些均见出泰州人生活取向的细腻和精致。

"凤城河名人追踪"也向人们描述了文化名人与泰州的关系，王安石有"飞甍孤起下州墙，胜势峥嵘压四方；远引江山来控带，平看鹰榫去飞翔"的豪壮歌咏，左思、王维、陆游、郑板桥等一大批历史上顶级的诗人，在泰州也咏唱出了文化的雄风。唐代诗人王维的《送从弟惟祥归海陵》，储罐的《自柴墟归海陵》，胡海平的《光孝寺》等，写尽了历史文化的丰饶。兹不赘述。

（原刊《中国社会科学报》2011年9月8日第18版"区域人文"专栏）

上海发展史中的地域文化性格

　　积渐而成巨流,上海史中关于苏北人、宁波人、广东人和福建人的研究均有了专著行世,分别为韩起澜《苏北人在上海,1850—1980》(上海古籍出版社 2004 年中译本)、李瑊《上海的宁波人》(上海人民出版社 2000 年版)、宋钻友《广东人在上海(1843—1949)》(上海人民出版社 2007 年版)和高红霞《上海福建人研究(1843—1953)》(上海世纪出版集团上海人民出版社 2008 年版)。或许今后还会有上海的山东人、徽州人、苏州人、绍兴人等等的研究,上海史的研究堪成大国。应该说这些研究既有利于揭示上海发展的脉络,亦是寻找地域文化性格的最佳场景。

一、各地域人群在上海史上留下的轨迹

　　上海是移民开发的城市,各地移民在上海的舞台上发挥自己的所长,谋求自我的发展。他们的地域文化性格也得以充分表现出来。

　　(一)高红霞著作的论述

　　福建人曾与广东人一起最早承担起开发上海的历史重任,这一方面借助于他们长期养成的航海传统,开辟了从海上转运货物的通道,清朝康熙二十三年(1684 年)"展海令"之后,这条海上贸易通道渐成规模。福建人或用从南洋得来的银圆,或用自己的地方特产如荔枝、龙眼等水果,蓝靛、苏木等制染材料,或用木材、纸张、烟草、砂糖等,或干脆凭借自己的手工艺从江南等地换回棉花、丝绸和粮食,这些活动基本处于商业领域,相对于上海而言,融入性显得弱了些,对上海近代工业的缔造似乎缺乏固有的兴趣。

　　在上海的福建商人起先以漳泉人为主,他们建立起以福建命名的会馆,实际上并不覆盖全省,就像早期移民加拿大、美国的广东人建立中华会馆一样。其后,福州人在上海建立了三山会馆;建阳、汀州人又建立了建汀会馆;晋江、惠安人从漳泉会馆中脱离出来,又建立了晋惠会馆,因此,会馆实际上

并没有统合全部上海的福建人，事实上会馆也不追求那样的大而全。所以我们看到福建会馆，一般不要把它想象为全体福建人的组织，可能其他地域性组织也存在同样的情况。

在上海的福建人中，除了商人之外，还有为官者、为学者等等。官僚阶层自然以参与政治为职志，为学者可能对上海的文化教育产生影响。其中出现了一批在上海很有影响的人物。

上海的福建人在上海小刀会起义中的表现让上海人和在上海的其他外地人进一步认识了福建人，特别是福建的闽南人，甚至定义他们为敢于冒险犯禁，易于对社会秩序构成威胁。因此上海的地方官府对他们抱有警觉，甚至抑制他们进入上海。有人认为，小刀会起义甚至成为上海福建人渐见减少的一个机枢。高红霞认为，上海福建人渐减的原因当在大量福建商人转移去了南洋，实现了工作重心南移的一个结果。但是这种转移也没有导致上海福建人的完全收缩，漳泉会馆的兴盛就是一个典型的例子，它一直到民国时期都很有影响力。

在上海的福建人还留给人们一个乡缘观念强、祀神习惯重的印象，天后成为他们的守护神和保护伞。他们时常聚集在神灵面前举行各种活动，凝聚乡人的认同感。

（二）韩起澜著作的论述

苏北人在上海被别人建构成一种族群，一种来自北方的穷苦的难民人群，从19世纪中期至1949年，来自江苏北部的人源源不断地涌进上海以逃离贫穷、洪灾、干旱和战乱。有时也包括来自安徽、山东和河南的流民。对于他们的到来，上海的居住者是不欢迎的，无论是官方和民间均采取了一系列的阻止和限制措施，但是许多人还是住了下来，搭建了临时住房，有的以船为家，或者用芦苇和他们能找到的其他碎片零料盖房。

当别人这样定义他们的时候，他们自己也逐渐被动地接受了这种命名，他们似乎天然地只能选择拉黄包车、当码头搬运工、贩卖蔬菜等职业，偶尔进入工厂，雇主和江南籍工人的歧视仍然促使他们只能去做那些工资低的重体力活。于是，他们的身份上被刻上难民烙印，他们多居住于棚户区，他们是一群苦力劳工。苏北人天然被想象成是社会的下层，与上海的社会上层形成天然的"文明"与"野蛮"的区别。俗语中有"笨的像个苏北人"、"脏的像个苏北人"、"淫乱像个苏北人",凡一切不利的东西均可加诸于苏北人。当外国人在上海凌驾于江南人之上时,苏北人更被压在社会的最下层。在被别人认定的苏北人中,相互并没有凝聚起来,身份的隐匿成为许多苏北人的生存策略,或者出身扬州的苏北人还与出生于盐城、阜宁和淮安的苏北人划分开来。这不仅仅是坚持地方主义,而且是一种重新创造和精心策划的抵制行为。譬如一个扬州餐馆的厨师说:"我们的习惯完全不同于盐城人的习惯。我们的语言不同,我们吃的也不同。盐城人吃薯类,而我们吃大米。我们不认为盐城人是我们的同乡。"甚至一个县的人就不认另一个县的人为同乡。譬如一个叫夏克云的是淮安人,他承认:"如果有人从淮安来上海,我们就会帮助他,但如果他来自扬州,我们就会不理他。"彼此之间并不认同外界给予他们的共有身份——苏北人。19世纪晚期的改革家张謇是南通人,从地理上看,属于苏北,但他宣称,苏北只包括紧贴淮河以南的地区,如盐城、阜宁、淮安,言外之意,扬州或更往南的海门或南通地区都不是苏北的一部分。有一个来自扬州的修脚工说:"那是因为我们扬州人知道怎么好好说话,我们讲话相当文明。对于服务人员来说重要的是要好好说话,否则顾客就不会来。"因此,在上海就不会见到像苏南各地的移民组织起来的同乡会——尤其是声势显赫的宁波同乡会那样大或那样强有力。有的只是以县为单位的小规模的同乡会,即使有以苏北命名的同乡组织,亦大多数短命而终。有了江淮旅沪同乡会,但它似乎只包括淮安、淮阴、涟水、泗阳、盐城和阜宁等地,20世纪40年代,(南)通—如(皋)—崇(明)—海(门)—启(东)旅沪同乡会成为为苏北区域最南部的移民服务的机构。因此,若干全苏北同乡会的存在不能直接等同于江苏北部移民中出现了对苏北的认同。

当日本占领上海之后,苏北人又被加上了"通敌"的恶名,或者被攻击为利用政局的动荡偷东西,或者被攻击为巴结日本人,甚至投靠日本傀儡政权,有的说苏北人借日本势力狐假虎威,有的说苏北人被日本人收买为密探,还有人看到日本便衣领着手执利斧的苏北人。事实上这些人是否真的都来自苏北,是值得进一步深究的问题,但当时人们却宁愿这么相信。好在后来在其他地区也出现了大量非苏北出生的坏蛋,苏北人的恶名才获得了某种程度的清洗。

籍贯观念在中国的多处移民开发城市显示出来。在香港,不是苏北人遭歧视，而是"上海人"被归入另类；在武汉，河南人也遭蔑视；在北京，理发师、澡堂侍者、女佣亦遭白眼。韩起澜认为原籍族群在地方史研究中值得重视。韩起澜说："根本不存在关于苏北或苏北人的明确定义"，"苏北并不是一个客观的、明确界定的地区，而是代表一种关于某一特定地区同质同类的信念。该地区可以包括整个江苏北半部，也可以仅指某些部分；它可以包括邻省山东、安徽的一些地区以及江苏南半部某些地区，就看你问谁了。它可以按地理、语言或经济状况来界定，但是每一种界定都产生即使不相互矛盾也差别很大的定义"。在上海，苏北已不再追究其出身地究竟在哪里，它既是现实的地方又是想象之地，既是实际的类别，又是社会建构的类别。

顾德曼说："原籍概念是传统中国人身份必不可少的组成部分，一般说来，这是陌生人之间相互打听的第一件事，是记录一个人（姓名和化名之后）的第一个特征，是个人涉讼前要被查明的第一个事实。"然而籍贯是一种有伸缩性的建构：个人可以决定哪一代人的故乡作为他或她的原籍；而且，原籍可以指特定的村、区、市或省份。正因为原籍对一个人的身份十分重要，因此，要说明一个人的原籍并非易事。在世俗的眼里，苏北其实不是一个客观的地方，而是另类的代表，有别于江南，或者更确切地说，是江南遗忘之地。江南是富足和高雅的体现，不论其内部有多大差别，而苏北则成为贫困和穷乡僻壤的体现，无论其是否丰富多彩。韩起澜认为，苏北之概念是清中叶经济衰退之后产生的，且来源于移民格局，随着19世纪江南商业和工业经济的拓展，随着苏北日益加快地沦为自然灾害的受害者，大批农民开始南迁，在那里形成了一个下层阶层。有些人来自盐城，另一些人来自南通，在江南人看来，他们都是一种类型的北方人。

本来江南人和苏北人相对于上海而言都是移民，由于江南人很大程度上要竭力宣称上海是他们的上海，才竭力要夸大他们与苏北人的区别。韩起澜运用了人类学的族群理论对上海的苏北人进行了有特色的研究。

（三）李瑊著作的论述

宁波人到上海主要是受到近代工业的吸引，宁波人的加入带动了上海金融业的迅速近代化，也带动了上海近代工商业的发展，还带动了上海新式教育的兴起。宁波人在上海开设钱庄，并逐渐转化为新式银行，以四明银行为代表的上海金融业为近代上海工商业提供了坚强的资金支持。迁居上海的宁波移民中,有相当一部分是因战乱等原因迁居沪上的富豪之家,他们携带了大量的货币财富,"绅商之挟厚资而寓居上海者,且接踵而起"(汪敬虞:《中国近代工业史资料》第 2 辑下册,科学出版社 1957 年版,第 686 页)。即使是中下层移民亦多少有些积蓄,可集腋成裘、聚沙成塔。在资金十分匮乏的近代中国,宁波地区各种形式的积蓄聚集于上海,注入工商,成为"原始积累",为上海的经济发展提供了货币"血液"。宁波商人投资于上海的工矿企业、近代交通运输业,采用近代科技,施行科学管理,注重广告宣传,极大地推动了上海经济的现代化进程,宁波商人亦在宁波与上海的海上商业贸易中发挥着积极作用。在此基础上,宁波商人在上海创办新式学校,创办宁波旅沪同乡会小学,叶澄衷创办澄衷学堂,亦带动了上海教育的近代化。即使是四明公所这样的传统社会组织也改变了传统的规程,大力采用民主化主张,公开会议议程,不断厘定章程以臻完善;成员亦不再局限于工商,而扩及到其他各界,使同乡会的组织更加规范,更富现代意味。当然,宁波同乡会虽然抛弃了旧同乡团体的封闭性、排他性特征,尤其是贵族化的领导和因循守旧的管理程序,但并未抛弃"同乡同源"这一原则,相反,"它们以同乡圈子这一无可争议的材料为基础,筑起了其现代主义之形象,并以此进一步肯定同乡纽带的重要性"([美]顾德曼:《新文化、旧习俗:同乡组织和五四运动》,《通向世界之桥》下,第 266 页)。

宁波商人是明清时期即兴起的中国十大商帮之一,他们身处近代化的浪潮之中,迅速实现着自身的转型,旅沪宁波人的同乡组织甚为发达,传统的乡土社会组织很快实现了适应时代的变化。制定了章程,推行了理事会制,更加注重机构的运行效率,四明商人公所在近代上海的社会事务中发挥了显著的影响力,甚至在与法国人的斗争中赢得了胜利。这极大地振奋了中国的民族工业。

宁波商人长期濡染于浙东学术,带有浓郁的传统文化美德,构成了上海近代化过程中的一种良好的文化资源。通过与其他各地移民的文化交融,衍生出沪地海派文化。李瑊总结说:"上海的宁波人之于上海是一个特定的群体,是一个令人凝目、令人遐思的群体,是一个象征,她象征着'开拓、创新、进取',这是宁波人的内在性格,也是上海人的文化机质。宁波人从甬水明山走来,以此为'自己的终极、自己的根',不断向外发散着智慧和心力,但他们的终结点并未回归原处,他们始终把'不断的变'作为生命发展的主脉和存在的基础。他们永远不愿意停留,而始终使自己处于无尽的创造过程中。"(第308～309页)宁波人务实诚信、乐善好施的习性赢得了上海各帮的高度认同。

宁波商人迅速超越了在上海各占地盘的晋、徽、粤、闽商帮,晋商的票号近代后便衰落了,徽商号称"无徽不成镇",可是"遍地徽州,宁波人跑上前头"。上海通社编《上海研究资料》(续集)中说:"宁波帮财力虽则不及山西帮,但谨慎、精密和勤俭,却跟山西帮相仿佛,而没有一点顽固,宁波帮是进步的;又虽则没有广东帮那么的果敢决断,能在国外国内活跃,但宁波帮却稳健而着实的,和广东帮正旗鼓相当。"

(四)宋钻友著作的论述

广东人往上海开展贸易的历史悠久,堪与福建商帮并肩。或者可以说往上海者以毗连福建的潮阳、澄海为主,兼及珠江三角洲的中山等地的人为辅。由于乡关遥远,上海的广东人较早便建立起了自己的会馆,像广肇公所、潮州会馆、粤侨商业联合会、广东旅沪同乡会等,这些会馆公所组织除了为生者提供调解纠纷、排忧解难、平抑冤屈、救助、提供宗教祭祀场所、演戏观剧场所、开展体育活动场所之外,还为死者提供丙舍义冢。正是这些会馆公所组织为广东商人跨越乡关在遥远的上海开展自己的经商活动。广东商人与福建商人为上海的开基作出了贡献,但随后福建人却因为小刀会起义逐渐退却,广东商人则走向上海的新兴工商业,凡烟草工业、机器工业、食品工业、面粉工业、衫袜制造业,都留下了广东商人的身影。广东商人还在金融业、贸易业和零售商业等领域拥有了自己的领地。广东商帮积极参与保路运动、抵制华工禁约活动,反抗外国强权,体现了由家乡到民族国家观念的凝成。进入20世纪一二十年代,广东商帮内出现了政治分野,国民革命的烽烟在上海的广东商人队伍中亦多有反映。

二、若干可以继续讨论的问题

几部著作总结移民上海的原因往往都是本地地少人多、自然灾害频繁、战争灾难、悠久的经商传统和上海的经济吸引力,其实这些或许只是一般性原因,却无法揭示不同地域人来沪的直接原因。

土著与移民、先移者与后移者之间经常出现矛盾与相互冲突,苏北人成为各种恶名的替罪羊,苏北的扬州、盐城、淮阴之间又各造区域,彼此分野。

几部著作在总结各地域移民对上海开发的贡献时都说他们在上海的发展中具有突出的贡献,但实际上相互间的争斗往往彼此削弱,有的早先一度辉煌,随后就走向暗淡。有的则后来居上,成为上海近代化的重要推动力量。

闽粤商人来上海有共同的追求,共同的优势,但也有若干不一样的地方,如上海小刀会起义后福建商人便出现了数量下降的趋势,高红霞解释是因为福建人转向了东南亚,其实广东人也多在东南亚开展贸易,广东商人将与美洲、东南亚等地的贸易连成了一个网络。一地的兴盛并不会导致另一地的衰落,事实上我们看到的在上海漳泉会馆长期维持兴盛的局面,与漳泉商人在东南亚发展呈现相互映照的局面。福建商人在东亚地区的商业网络建设也是有目共睹的。

苏北人在上海的际遇较差,据说是因为苏北移民多为难民,属于社会下层,他们生活不卫生,公德心差,因而苏北变成了肮脏、落后的代名词。但实际上上海的苏北人中也不乏有钱人,他们也像宁波商人那样从家乡带去了若干钱财,他们到上海后一样住洋房,娶小老婆。因此,已有的一些说法往往具有偏执性,不足为训。进一步正本清源的空间仍然很大。

地域人群的研究可以帮助我们从一个视角理解历史,但过于偏执则可能成为谬误,我们仍需要从更多的角度对可能形成的谬误加以纠正,这样我们便能更加接近于历史事实。

(原刊《团结报》2012 年 6 月 28 日第 7 版)

域外鉴华

凤凰树下随笔集

菲华社会文化脉动浅识

　　过去人们称海外华人社会靠社团、学校和报纸三个要素得以凝聚起来，菲律宾华人社会当更是如此。据统计全菲各地华人社团约有 2000 多个，其中有各途商会、退伍军人组织、青年团体、防火会、童子军理事会、宗亲会、同乡会、国术会、妇女会、文艺团体、体育团体、康乐团体、结义社以及国际性团体如狮子会等。几乎无人不隶社团，有的人甚至隶属多种社团。菲律宾的华文学校目前达 126 所，在马尼拉、中北吕宋、南吕宋、米骨、末狮耶、棉兰佬皆有分布。华文报纸举其大者亦有五家。可以说菲华社会的发展，与这三要素的建设有着密切的关系。同样地，这三要素的走向也将直接影响菲华社会的路向。

　　我们觉得，菲华社团继续在融合与分化的双重趋势下发展。从同乡会看，近些年来已出现了在小同乡会基础上的晋江总会、泉州总会与金井乡联总会、石狮乡联总会等。从宗亲会看，本地的各宗亲分会隶属于宗亲总会，在菲律宾亦早先形成各宗亲会联合会（目前有 38 个宗亲会作为团体会员），此外，还有商总、体总、校联、菲华联谊会、菲华各界联合会等，体现出较强劲的融合倾向。但与此相反，分化现象亦常出现，仅作为商会的领导机构就分化成菲华商联总会、菲华工商总会、中华总商会的三足鼎立。有些宗亲会亦各生派别。从服务于青年的团体看，存在着菲律宾华裔青年联合会和菲华青年学社等。从地域角度看，福建晋江、南安、惠安等同乡会声势浩大，但龙同海乡联总会、粤侨乡联总会、上海江苏浙江联谊会亦逐渐显示出自己的存在。在华文教育放面，式微趋势颇为明显。至于华文报纸，亦明显存在读者趋减与编得欠精的现象。

　　无论是融合，抑或分化，还是式微，都有其内在的机理。若单从文化层面看，当与各自对中华传统文化的认同存在歧义有关。首先，不同文化层次者有着对中华文化不同层面的认同，中华文化向来存在着精英文化与庶民陋巷文化等不同层面。有些人没有精研中华传统文化经籍，来到菲律宾见到民主制度后,便以《水浒传》中的称兄道弟应之,其实二者有天壤之别。《水浒》中所提倡的打家劫舍式的帮会民主,它建立在破坏社会安定秩序的基础上,真正的民主当是以促进社会的发展与进步为旨归的。因此,误把帮会中的"大碗喝酒,大块吃肉",当做中华文化加以弘扬,使图名利者趋之若鹜,有的理事长头衔满天飞,趾高气扬,不可一世,其结果必然导致对中华文化的背离,也势必引起不明中华文化真相的人对中华文化的误解。在此情形下,有些人便高标与污浊决裂的旗帜而脱离原社团或组织新社团。其次,职业特性造就了一个人对中华文化的态度。菲华社会中固然多儒商,但也不乏"文化搭台,经济唱戏"的现象,许多人感兴趣的不是文化而是经济。为了经济,有人也会不惜背离文化本身的宗旨。而许多从事文化建设与文化教育的人们则竭力劝导人们要"留住自己的根"。再者,在不同社会不同生活环境中成长起来的人们对中华文化的认识也各有歧异,菲华社会中有许多人是来自香港、台湾、大陆的,也有许多人是在菲土生土长的,其对中华文化的认同必有深有浅,某些方面亦会形成分歧。

我们认为,融入当地主流社会是海外华人发展的必然潮流,但这与弘扬中华文化的优良传统并不矛盾。针对菲华社会中存在的文化认同歧异,我们应积极鼓励相互的交流,以求得在切实把握延续了数千年之久并创造了中华之辉煌的传统文化之精髓的基础上,坚决摒弃包括帮会意识在内的落后成分,在共同弘扬中华优秀传统文化的前提下,求同存异,为人类的进步做出应有的贡献。

（原刊《世界日报》1998 年 3 月 1 日第 16 版）

菲华社团的回顾与前瞻片拾

在人们心目中印象较深的菲华民间社团,大体都是应时代之需而生且责有所专的。第一个华人社团"长和朗君社"是 19 世纪 20 年代出现的以"南音"来弘扬国粹、联系海外炎黄子孙、开展中外文化交流、促进中外友好关系的,故至今仍深得人们的喜爱。华侨善举公所成立于 1877 年,它通过设立义山的方式让不能在天主教坟场下葬的华人死后能"入土为安"。14 年后,它又把目光从死者转向生人,创建了中华崇仁医院。去年的双甲大庆昭示了其旺盛的生命力。随着清朝驻菲领事馆的开办,第一所华文学校小吕宋中西学校亦得以宣告诞生。由此,华人在菲安身的基础得以奠定。

随着华人在商务上的发展,华人必然要面对菲律宾大社会。1904 年出现了岷里拉中华总商会,1911 年,怡朗中华商会前身中华国民公会成立,1921 年,罗申那菲华会前身罗申那华侨工商同和会成立……它们在与不利。华人的西文簿记法案的斗争方面捍卫了自己的权益。1954 年商总的诞生又在零售商菲化、米麦业菲化、劳工菲化与教育菲化等菲化法案层出不穷之际,有理、有利、有节地协调了与菲政府的关系,并通过华人志愿消防队、华人义诊队与农村校舍等措施进一步改善了华人在菲民众中的形象,商总还在华人从商业兼及工业方面穿针引线,因而推进了菲华社会工商业的大发展。在中菲建交后,以菲华联谊会为代表的增进中菲友谊之组织亦发挥了有目共睹的积极作用。

敦睦族谊、乡谊,弘扬中华文化是菲华社会中众多社团创建的动力,华文教育与华文报纸成为广大中华文化的基地,得到了许多有识之士的悉心呵护,宗亲会、同乡会等组织更加如雨后春笋蓬勃兴盛,并构成为菲华社团中最为庞大的一支,显示出中华优秀传统文化在菲华社会得到薪传的兴旺景象。

我们知道,当今世界上存在着"现代化"与"寻根"两大潮流,现代化即积极吸取全人类的各种优秀文化遗产,大力推进科技进步和社会的全面发展,寻根即追寻本民族发扬光大的文化原脉，并有效地加以传承。由此对照时下的菲华社团，首先要适应时代之需，鼓励社员努力学习现代科技知识应成为主要的追求，当然许多社团在奖励学业优异者、在国内外攻读高学位者和科技事业拔尖者方面已做了大量工作，取得了显著成效，但总体看来，在这些方面可做的事仍很多。我们已不能仅把眼光囿于科技尚不甚发达的菲律宾一隅，我们应树立在国际大舞台上一竞高低的志向，必须有未来的竞争归根到底是科技和人才的竞争的意识。其次，保持和发扬本民族的优良传统已是许多社团的共识，亲亲仁人、勤劳俭朴等在侨社中亦已蔚成风气，但也有些社团仅把弘扬民族文化写在章程里或纪念刊上，实际上许多人对什么是中华文化，或知之空泛，或未得其旨。许多社团在弘扬民族文化旗帜下泛泛而为，不注重突出本社团的特色，社团活动仅止于搞些聚餐会而已，这样的社团事实上无法发挥什么作用。我们应提倡像菲律宾华裔青年联合会责有所专的做法，他们不追求"大而全"，而是把主要精力放在促进华裔与菲律宾大社会的沟通与融合、研究菲律宾华人的经济与历史等具体事务方面，因而成绩斐然，越来越受到海内外人士的关注和重视。

在民主化社会，我们不应追求一元化的领导，多元共存乃势所必然。但加强彼此交流，力求自我的责有所专当是社团取得自我发展的命脉。我们相信，只有顺应时势而又自具特色的社团才能被荣光地载入史册，而那些徒具其名、不求其实的社团必将灰飞烟灭。

（原刊《世界日报》1998 年 3 月 14 日第 4 版）

菲华社会神庙兴盛的社团背景

菲华社会神庙兴盛,这一方面或源于从商者易于拜服于神灵之下,另一方面或因为菲律宾本来就是一个各方文化的汇聚之地。不过,倘若我们从这些神庙的社团背景进行分析,就会发现众多的神庙其意义往往不在神庙本身,而在于一个神庙即奠定了一个社团的根基,构成了一条建立社会联系的纽带。

一些大中烈神庙都建立在血缘和地缘网络基础之上,它们利用血缘与地缘关系便可获得比较广泛的经济来源,使神庙得以建立并维持日常开支。这些神庙寄生于相应的宗亲会或同乡会,即使他们拥有自己的组织机构,实际上却深受相关社团的影响。例如青阳石鼓庙董事会与锦绣庄氏宗亲会,石狮城隍庙董事会与宽仁同乡会,龙瑞大宝殿董事会与绍德同乡会等等关系都非常密切。一些将殿堂附设于宗亲会、同乡会或其他社团会所的神庙,在组织上甚至与那些社团合而为一,一些神庙的事务乃由相关社团直接管理,不再另设机构,属于这类情况的有金井玉湖三社同乡会奉祀的当境大房头六姓王府公、金山同乡会奉祀的本乡乡主文武尊王公、苏氏宗亲会奉祀的苏夫人姑等等。此时,这些神庙仅成为宗亲会、同乡会等社团的附属部分。地方神庙实际上成为联络同一乡里或周围数乡里人众的基地,从而使各项社团的社会功能的实现有了保障;反之,社庙的慈善与赈济功能时常亦依赖各类社团的捐助方得以实现,神庙的香火亦因各类社团成员的鼎力护佑方得以延续。因此,神庙有时就是社团的象征物与标志,神庙香火盛衰有时并不一定能说明该神灵神力的大小,而恰恰可征兆其所依托之社团的盛衰。

菲华神庙的兴盛时常是以雄厚的华商资本为后盾的,它们实际上是"富裕华商的纪念碑"的说法不为虚言。因为华商在生意上的成功使其可以倾资兴建竭尽金富丽堂皇的神庙,华商亦从中获得了自我实现的满足感。他们或把神庙附属于某个社团之下,或者依凭神庙组建新的社团。如大岷区加洛干市的菲华通淮庙,成为菲华洪门致公党的活动场所,菲华洪门致公党亦积极集资使通淮庙变为一座三层楼的壮丽庙宇。又如马尼拉的镇海宫也是一个与同乡会密切相关的神庙,该宫奉祀的"新代巡圣驾"乃是福建晋江华峰乡的"当境"(乡土神),经商致富的华峰人在 1939 年成立华峰同乡会,1971 年与镇海宫董事会联合兴建大厦,并共同入住,可以说是以施姓为主的华峰商人维持了镇海宫的鼎盛香火。

菲华社会各神庙的各树一帜实际上也是菲华社会社团林立的一种直接反应。本来九八凌霄殿乃是从九霄大道观分香而来,九霄大道观原已设有菲华道教促进会,九八凌霄又设立菲律宾中国道教总会,俨成分庭抗礼之势。再看神灵崇拜中的一神多名,一神数诞现象亦可由此获得解释,如对待"大道公"这一神名,有的追以吴真人(夲),有的追认为孙真人(思邈),还有的追认为许真人(逊)。对于妈祖诞日,有的追尊其降生日,有的追尊其升天日,还有的追尊其得道日。诸如此类,不一而足。各自有特点,其目的都在确立自己的独特地位。

菲华神庙组织系统亦具有和菲华社团一样的职员阵容庞大的趋势。因为菲华人士大多从事工商业活动。为了提高自己的社会地位和威望,从而提高商业信用和扩大商业网络。人们也颇为注重在神庙组织中拥有自己的席位。像 1998 年 4 月 11 日通过的晋江英林保生大帝董事会第十一届职员表中,有 32 名名誉顾问,27 名顾问,11 名咨询委员,25 名常务董事,其义诊组有 14 名指导员,18 名主任,20 名会医,另有常务顾问、永远名誉董事长、永远名誉副董事长、名誉董事长、董事长、副董事长、秘书长及各部主任。庞大的组织建制使菲华神庙像其他社团一样,成为不同社区华人的活动中心与联谊场所,从而有效地发挥维系华社的作用。

(原刊《世界日报》1998 年 4 月 25 日第 16 版)

菲华社会商业与文化事业的互动求疵

菲华社会是一个商业社会,菲华社会的最高领导机构是以富商为主要成员组成的菲华商联总会。菲华社会其他众多的民间组织大体亦是商人在其中充当主角。因而菲华社会商业对文化事业发展的影响就至关重要。总体上看,菲华社会商业与文化事业呈互补共进发展的态势,但从细节上说,其中也不无瑕疵。

首先,作为文化事业最基本形式的学校建设几乎皆得到商业利润的浇灌。举凡华文学校大多都有一个以华商组成的董事会,举凡同乡会、宗亲会、结义社等亦都设置了自己的文教部。各不同民间团体中的商人也都把设置教育基金会、奖教金和奖助学金作为振兴和发展教育的崇高义举,我们完全可以把这一切看作是菲华教育发展的重要表现。但究其事实,我们也不难发现,致力于在华文教育方面出钱的商人们通常并不具体干预华文教育本身,有的人甚至并不觉得发展华文教育有什么意义。他们捐钱或为了能进入董事会,或为了能镌名于石牌,或为了能刊名于报端,也只要止于此他们便觉得是做了积德的好事,可以赢得社会的承认,取得人们对其人品、道德和商业活动的信赖。于是,他们并不注重他们所出的钱设立的基金会是不是最为切要,能否发挥最大效用。事实表明,基金会有日益增多的趋势,而收效并不一定与之成正比。

其次,作为文化事业重要表现形式的文艺活动常得依恃商人们的资助而取得发展。中国自古以来就存在文人与商人相互攀附的现象,这在客观上已产生了许多积极效果。如清代"扬州八怪"在中国书画史上功绩卓著与以扬州盐商为首的富商的支持密不可分。菲华社会的文艺活动也曾数度由商人资助出现繁荣局面。但从目前情况看,专业文人阶层日益零落,有的只是商而兼文者或文而兼商者。他们多抱有对中华文化的执着挚爱,以一种脱离母爱之游子的情怀抒发着对中华文化的眷念和归附,表达着薪传中华文化的孜孜努力。他们往往以己之商养己之文,自己出钱出版自己的笔耕之作。他们被认为是在从事背离商业社会一般常理的傻人事业，有时他们自己也会"理智"地追究起自己这样做是否能实现自己的人生价值，由于许多做法被认为是曲高和寡，因而从事这种傻人事业的人就像华校教师的流失一样呈现不断减少的趋势。与之相反，在文坛寥若晨星的时候，少数不学无术的暴富商人却取得了投身所谓的文化事业的一席之地，其结果不但不能带动文化事业的发展，反而把文化引向歧途。菲华社会风水迷信的盛行实是一股反文化的逆流，它们却多打着科学的幌子，其实与人类社会科技发展的潮流背道而驰。

再次，菲华社会的商业活动往往并没有完全建立在科学的经营管理上，小本经营的菜仔店经常只需诉诸经验，而习惯使用信得过的亲戚、朋友或认识的人，较少提出对现代科学知识与现代经营管理技术的要求。有无知识往往显得并不重要，重要的是良好的社会关系，有时或者还有不正当竞争的伎俩。有人读大学更注重的是文凭，并不是文化素养的提高。所以菲华社会的工商业更多地亦体现为劳动力密集型产业、加工或装配工业等，技术含量较低，这样就很难形成坚强的民族工业体系，无法参与国际竞争。因为许多个体工商业者缺乏现代经营的文化意识，所以他们多不能体会到这种危机，遇到失败，有人反复会退遁到风水、运数的死胡同中，这是菲华社会文化教育事业无法取得重大发展之心理层面的原因。

基于以上三点，我们认为，菲华社会当以像捐助救灾那样的整体合力来联合各级基金会，集中财力，以经济、文化与国家社会发展的全局出发，统筹制定规划，真正完成几项既能切实振兴文化，又能增强工商业发展后劲的大工程，这也许会比时下分散零碎的资助文化发展却又难见显著效果的做法要好得多。

（原刊《世界日报》1998 年 5 月 28 日第 16 版）

菲华社会名利观一瞥

　　求名逐利是人之为人的基本心理需求，也是推动社会发展进步的动力，当然，这些必须以遵纪守法为前提。作为中国文化奠基者之一的孔丘也追求人生之三不朽，即"立德、立功、立言"。他把培养和树立优良的德行作为人必须具备的首要素质，其次就是要建立功业或著书立说。孔子较为注重尽已所能，以求为社会的发展和人类的进步做出贡献。他把求仕入官作为服务社会的较好途径，但周游列国，四处碰壁以至于入仕无门之后，他只得退而求其次，开始了立言的人生旅程，编撰《诗》、《书》、《礼》、《春秋》等书，创私学，培弟子，可算是在历史上留下了浓墨重彩的一笔。孔子的众多弟子也各有所成就，有的成为富商大贾，有的成为政界要人，有的成为学术泰斗。冷静观之，孔子的名气不逊于秦王汉武、唐宗宋祖，大概可以说是孔子顺应了时势，时势造就了孔子。

　　菲华社会的成功商人大多深受中华文化的熏染。菲华首席大班陈永栽就坚称中华传统文化中的道德礼仪，《孙子》、《三国》中的智慧谋略为自己的商业活动注入了无限的生机和活力，从而经过几十年的努力终于在菲金融业、烟草业、航空运输业及农牧业方面取得了一席之地。陈永栽以自己的实际行动证明了信守中华文化的华商完全可以在商海中自树高樯。细观其日常言行，我们觉得他所追求的不仅在利，而是在为中华文化争名。他把商业经营中的大量所得毫不吝惜地用于弘扬中华文化的各项事业，如捐资兴学、鼓励中菲文化交流、着力培养侨校师资等，都鲜明地表现了他这方面的追求。陈永栽理应取得儒商的令名，他造福华社和桑梓的各项建树亦必将永载史册。

　　如今菲华社会涌现出更多大大小小的成功商人，他们用自己辛勤劳动所获得的商业余润资助各种社团（包括联谊会、宗亲会、同乡会、结义社、慈善福利团体、职业团体等）、教育文化事业（如资助学校建设、设置奖教奖学金和助学金、创设各类文艺团体等），使菲华社会的中华文化建设卓有成效，也为自己树立起了好的名声,赢得了社会和人们的尊重与好评。平心而论,我们在抱怨菲华教育在滑坡的时候,我们在呼吁菲华文化发展有待改进与完善的时候,我们也应该充分地看到其中深博的成绩。譬如,在教育菲化日益显著的时候,在华裔人口仅有 100 多万的菲律宾能够办出红红火火的五家华文大报,能够维持住 120 余所正规的华文学校,还能时常举办各种形式的中华文化方面的讲座、研讨会,见于报端的学生中文习作亦颇具水准,这些都与为树立令名而致力于文化建设的有识之士们的努力密不可分。对于有成效地追求令名的举动,我们社会当以十二分的热情加以鼓励。对于能依靠这样的令名赢得商业上更大的成功者,我们更应该振臂为他们欢呼,因为正当的名利双收会对社会产生积极影响,中国不是有句老话,"榜样的力量是无穷的"吗?!

毋庸讳言,在菲华社会,亦存在少数心术不正、动机不纯的猎名争利者,他们孜孜于理事长的头衔却不务实事,为了争权,甚至不惜以好勇斗狠,分道扬镳相威胁。有的则利用社团壮己声威,捞取私利,动辄以权压人,令人们心寒而疏离。有些社团成为部分富人比富拟盛,招摇过市的俱乐部,社会服务的宗旨全然被置诸脑后,也有的人以不端之行严重地损害着中国人的整体形象。这些都将是有敏锐眼光的华社人众所坚决要摒弃的。

让我们向淡泊名利者致以崇高敬意,也为正当的求取名利者呐喊,祝愿他们前程似锦,再上层楼;我们亦忠告那些不正当的猎名争利者:失道寡助,多行不义必自毙。

（原刊《世界日报》1998 年 6 月 21 日;《联谊通讯》第 61 期）

菲华社会择业观一瞥

择业是人生的一个重要关口。中国传统社会有"士农工商"的四民观，发展到明清时期，商人逐渐走到了历史的前台，商而兼士者或业商而兼具儒行者以"富而好礼"、"富而好义"的形象在政界和商界扮演着主角，他们乐善好施，捐助修建桥渡路井，兴造农田水利，兴办学校，倡办社会善举救济事业，为明清社会的平稳发展尽了自己的力量；他们同时亦注重培育子弟入仕，由商而入儒，因而明清时期文士中又有诸多商家子弟，由此商业又发挥了直接推动文化发展之效。在商业发达之后，亦出现科举事业繁荣的局面，故商人更为明清科技进步、文学艺术的繁荣做出了不可磨灭的贡献。

在菲华社会，商人大体也构成诸多职业中的主体。华人社会能发展成今天的规模，菲华商人功不可没，在这样的社会氛围中，已成功的商人希望进一步扩张自己的商业规模，未涉入社会的后生之辈亦把经商谋利作为实现人生价值的先决条件，经商成为择业的首选，以致使人们觉得华人就是华商，其实这是一种极大的误解。

在菲华社会，一向就不乏在商业之外另谋他途者，有的人经商的目的也只在于改善经济境遇，一旦目标达到，就转向自己心仪的职业，如近期获亚细安文学奖的吴彦进（明澈）先生曾有过一段为改善生活条件而业商的经历，但终究他还是舍弃商业而沉溺于使他能产生自信心和成就感的文学生涯。我时常还能接触到一些甘于清贫，却坚守育人办学办报的矢志分子，尽管他们无法以"阿堵"与人排定座次，但他们的成就必将昭昭载诸史册，他们通过商业以外的职业实现了自己的人生价值。

近来读报、翻书，了解到在商业之外颇有建树者亦不少，如王礼溥先生、施扶西父子都已在书画界确立了自己的地位，又如最近洪鸿泽先生荣获专业署杰出建筑设计师奖。在华文报界、英文报界华人也建立了辉煌的业绩。在参与政治方面，华人较早就为菲律宾的独立及民族解放事业贡献巨大，此次选举中，更有洪于柏、许顿尼、佘景元、黄和建、张天愿等赢得民意而当选，这表明华人参与政治的热情与能力已为人们所认可。在从事社会工作,推进菲华融合方面,以洪玉华女士为首的菲律宾华裔青年联合会的同仁们所做的卓越成绩同样为菲华各界所公认。我们还见到有人甘愿放弃商业而作国警队员或消防队员,有人把从事教育、文化工作作为自己一生的事业。对于这些,我们都当跳出"利"的框框,向他们投以敬慕的目光,而不宜以"傻"、"无能"定义他们。从一个健全的社会而言,众人是必须有所分工的,有了分工,社会才能协调平稳地发展,反之,若不顾自己的志趣爱好一味地随大流,趋同业商,千军万马过独木桥,势必相互侵害,危及稳定,而且也不利于华人社会与菲律宾主流社会的融合。

我们欣喜地看到菲华社会众多有成就的商人颇有意于推进社会的全面协调发展,他们对菲华社会教育事业的发展尤为致力,这实际上成为带动择业多元化的原始动力。我们觉得,我们的各级菲华社团完全可以在学子的专业选择上做更积极的引导,放眼世界,在知识经济将主宰世界的背景下,鼓励他们向高科技、基础理论研究领域发展,这定会有助于菲律宾的现代化,也有助于各自人生价值的实现。

如果说菲华社会应大力为已声名赫赫的儒商树碑立传的话,那么我们要说为有成就的科技人才、教育文化新闻出版领域的杰出分子树碑立传则更为切要。

(原刊《世界日报》1998 年 7 月 4 日;《联谊通讯》第 62 期)

从菲华融合看菲民族精神

正像菲岛由众多岛屿组成一个群岛一样,菲国也是一个多民族组成的大家庭。包括马来族、华族在内的各民族在菲律宾这块富有和平、民主、平等精神的土地上彼此交融,从而都取得了巨大的发展,也推进了菲国的进步。

以华族在菲律宾发展的轨迹论:

首先,从户籍统计看,华族人口仅占菲律宾总人口的 1% 左右,但华族在菲律宾社会中的影响力却远不止 1%。华族在开发建设菲律宾的历史上功绩卓著,他们开启了菲律宾的农业、商业乃至军工业,从而使他们在菲国经济中的份额达到了一个较高的高度。实际上,华人在自己的事业发展中,多与菲人通婚,使华族的精神血脉得以更大范围地延展,既是菲人又是华人的菲华族系显然也已形成为一支庞大的力量。

其次,华族为菲律宾的独立建立了不可磨灭的功勋。王彬、刘亨赙、抗日支队的众英雄等都堪为华族的骄傲。中华主要以儒家为中心而传承的文化历史来宣扬"王道",否定"霸道",对于西班牙殖民统治的不公平、不平等现象,他们恨之彻骨,因而倡导革命,为菲国的独立做出了应有的贡献。亚银那洛总统所称赞的"刘(亨赙)将军的公正无私和英雄风采,获得了全菲人民的感佩。他正是为他们的自由和幸福而献身。他既然热爱菲国如他的母国,菲国自当视之为他的英雄子孙之一了"是恰如其分的。

再次,华族在菲独立之后,除了在工商业继续独执牛耳之外,在参与政治方面也日益显示出强大的生命力。仅以此次选举为例,已有洪于柏、许顿尼、佘景元等一批人赢得民意而当选。我们认为,华族无论是在工商业抑或参政方面都能有所作为,显然是菲国其他各民族对华族支持的结果,菲华各族智与力的交融方撑起了华族辉煌成就的大厦;反过来,华族能有所作为,也与华族跟菲国其他各民族主动积极的融合姿态分不开。这其中,我们不能不指出的是,菲律宾各民族具有特别优良的包容、尚化传统。对于华族的优秀传统部分,菲各民族表现出了迎而非拒、赞同而非鄙视、吸收而非舍弃的博大宽广情怀。直至这次新当选的依斯特拉达总统也表示将认真研究和总结中国解决农业问题的经验,同样表现了菲各民族具有的谦逊、开放心态。我们觉得,在对待菲华融合上,菲本土民族一向少采取泯灭华族传统与文化的政策,而多表达出希望华族继续保存自己的优良成分,并进而继续丰富菲律宾各民族的优秀文化内涵的心情,即将卸任的蓝慕斯总统也曾在商总 40 周年庆典时表达过这一愿望,这与美国总统克林顿对待华族及其文化的态度不谋而合。

我们呼吁:在菲国本土上的各民族,高擎其民族平等的旗帜,拆除心理上与行动上的任何阻碍民族融合的樊篱,以宽容、和平的胸怀对待融合中的暂时矛盾与不适,从而臻于共同发展、相互提高的新境界。由此我们亦完全有理由相信,菲律宾的明天一定会更好!

(原刊《世界日报》1998 年 6 月 13 日第 4 版)

侨领与菲华社会走向

菲华社会能发展成今天的规模,并且在政治参与、工商业发展、社会救济、社会公益、菲华融合等方面成绩卓著,这些实与菲华社会众多的社团组织以及领导这些社团的侨领有着不可分割的关系。

首先,侨领是菲化社团的领路人,要成为一名名副其实、众望所归的侨领,并不仅仅靠出几个钱就能济事,他必须经过一番道德品行的修炼,而且应具备甘为人梯、乐于奉献的精神,有时甚至吃力不讨好,被人误解,但也能以恢宏大度处之,怀着一种强烈的使命感,为自己认定的宏伟目标锲而不舍,孜孜以求。按中国传统社会的标准,社会上不同阶层不同身份的人实际上有各不相同的道德标准与为人处世的原则,即所谓"刑不上大夫,礼不下庶人"。过去有人仅凭直觉认为这显得礼轻刑重,似乎以礼约束较以刑处置来得舒服,实际上,历史上以礼杀人的事例不胜枚举。从某种意义上说,对有身份有地位者施行的礼较对一般百姓适用的刑更为苛刻、更为严厉。正因为这样,"士"才能堪作社会的仪型。我们侨社的侨领亦处于堪作社会仪型的地位,因而他们多能向自己提出更高的要求,自觉地培养起优良的道德品行,具备只要有益于社会便甘于奉献的精神。他们没有像中国政治体制本身赋予的政治权威,却完完全全是以实绩来谋求社会承认,从而赢得民心的,仅此而言,菲华社会不但不应惧怕这类侨领的大量涌现,反而应积极振臂为之欢呼。

其次,除了侨领必须具备良好的道德品行外,侨领的所作所为则更是侨众和社会所期盼的。菲华社会的侨领们已争先恐后地做出了大量的好事,如捐献农村校舍、义诊、消防、反罪、赈济灾荒、大力推进弘扬中华传统文化、提倡节俭守时、移风易俗、简办婚丧、雪中送炭等,件件具体可数,成效亦彰。我们不能仅看到侨社的吃吃喝喝而无视这众多的赫赫建树。为了做成一件好事,我们的侨领可能都要夙兴夜寐,呕心沥血。他们的劳动不仅没有报酬,多数情况下还得倾自己之所有以襄助之,而这些经常是"精明的"生意人所不愿为的。在商业气氛浓郁的菲华社会,我们能时常体验到深挚的脉脉人情,侨领的努力功不可没。他们以具体踏实的努力不断推进着华社与菲律宾社会的大融合,从而也为华社的发展壮大做着贡献,并避免了像印尼华社的失误。我们理应热忱地为他们唱和。

同时,我们不应片面地认为菲华社会的侨领全都是商人。商人固然因为有钱较易于为社会做奉献,但少钱或没有钱的非商人侨领在菲华社会的发展中实际上也起着至关重要的作用。他们或以犀利笔锋和不烂口舌献策划谋,指引路向;或充作人类灵魂工程师为人们提供知识教化、文化启蒙与精神哺喂;或潜心研究中西文化,为菲华社会乃至整个人类寻求正确的文化定位。他们的所作所为可能不能马上看出显著或直接的效果,但这样的努力是不可缺少的,因而其精神也是崇高的。

未来的菲华社会走向何方? 侨领无疑仍将在其中扮演主要角色。新一代侨领必然会与老一辈侨领有一些文化追求与做事风格上的差异,但我们坚信,菲华社会既已积累了丰富的建设经验,许多老侨领的良好风范也一定会被后代所继承,而且新一代侨领又具备了许多为老一辈侨领所不具备的文化、科技等优势,因而菲华社会的明天是光明的,菲华侨领的英雄谱势必将写下更辉煌的篇章。

(原刊《世界日报》1998 年 8 月 1 日;《联谊通讯》第 64 期)

继续用"心"经营华文教育

菲律宾华文教育有式微的倾向,这是过去许多有识之士已看到并大声疾呼寻求应对措施的问题。许多人殚精竭虑,寻找原因,有的认为是菲律宾华校教师待遇偏低,因而想了许多办法来提高教师待遇,几乎动员了菲华社会全社会的力量、宗亲会、校联、宗联、华文记者会、首都银行等等都纷纷出钱以助,设立奖教金、奖学金、助学金,结果真是成绩不菲。也有的认为是菲律宾华校师资过于缺乏,因而从大陆、台湾引入一批教学经验丰富、深谙教学法的专家前来训督,既编撰教材,又传授教学要诀,在具体细节上总结了大量的经验,形成了一系列行之有效的教学方法,结果也确有许多可圈可点处。还有的提出菲律宾的华文教育当以设立自己的师范学院为出发点和归宿,现虽未付诸实施,但用心是良苦的。总而言之,菲律宾的华文教育近些年来取得了显著的成绩。教师队伍壮大了,学生的华文水平也有了较大的提高。

但是,我们觉得所有成绩的取得,并不仅仅是上述努力的产物,而且这些成绩的取得也并不意味着菲律宾华文教育从此将走出低谷、走向新生。促使华文教育能取得成绩还与中国近些年来经济的发展与国际地位的提高等客观因素有关。学习华文在目前实际上已不仅仅是全球华人的追求,同时也深深地吸引了不同肤色的外国人的兴趣,许多外国留学生不远万里到中国学习汉语已是大家所有目共睹的。当然这其中有看重中国庞大的市场,想通过中文更便利地与中国做生意者,更值得注意的是许多人是在服膺中华优秀文化而不断加深学习汉语的兴趣的,让素来使用拼音文字的外国人来学习表意的方块文字,其难度之大不难想见。但目前却不乏既识方块汉字,又颇谙练中国礼仪风俗的白皮肤、黑皮肤"中国通"。受这种客观因素影响,菲律宾华文教育会有所起色当也是必然趋势。但为什么说菲律宾华文教育还不能走出低谷、走向新生呢? 关键在于菲华社会文化的认同存在极大歧异。不少人把华人融入当地主流社会与弘扬中国传统优秀文化对立起来,把认同于西方文化放于至上的地位。他们认为西方文化能促进经济发展,而中国文化落后僵化,因而从心底里厌弃中国文化,不少人让子女学中文,也仅止于要求会认中国字,将来便于与中国做生意。事实上,不了解中国文化的内涵,不试图从文化本身上了解中国文化,是很难深入领会中华文化的博大精深的,因而也很难学好或教好华文。

我们理解要从根本上振兴华文教育,必须首先树立两方面的坚定信念。一是必须全面树立教师与学生认同于中华文化的信念,这对于进入华校的炎黄裔胤而言,尤当如此。中华文化是我们的根,我们有深入地认识它、批判地接受它乃至发扬光大它的责任与义务,只有深切地认识本民族文化的人才能超越自我而吸收他民族的长处。二是必须树立教学相长的信念。我们过去在教的方面多有建树,许多教师亦兢兢业业,孜孜以求,但却发现"言者谆谆,听者藐藐"。学生经常不甚明了学习华文的意义,本身就排拒中华文化,自然不可能收到好的效果。反过来,有的教师可能也没有把华文教育作为自己的事业,消极应付,使学生无所收益,乃至有学校教师责怪学生家长、学生家长抱怨学校教师等相互推诿责任的现象,这其中有时包含了学生家长过于急功近利,学校教师过于把教育当作谋生手段等因素。说到底这需要致力协调好师生双方的关系,这亦需要师生双方共同来努力,教风与学风经常是相互影响的。即使是古代大教育家孔丘能循循善诱、因材施教,三千子弟中也只能出七十二贤人而已,像子路、颜回在从师过程中,能够形成对老师"仰之弥高,钻之弥深"的认识,当为教育成功的一种理想境界。

(原刊《世界日报》1998 年 2 月 26 日第 3 版)

以中华文化灵魂振兴菲华教育

　　欣悉菲律宾"华文师范学院"正在筹建中,尤其为筹委会给该学院确立的诸多原则感到高兴。如"三不能"原则,即不能带有任何政治性的、意识性的、宗教性的倾向色彩;不能由任何一个人、大小团体、社团或学校所占有、控制或操纵;不能黑箱作业、故步自封、争权夺利、争名夺位。这实际上是树立起了兼容性、开放性和公开性的原则,这确是教育发展的先决条件。过去菲华教育有蓬蓬勃勃的发展,但经常因为或多或少地背离了这三条原则,已制约了其本身的成效。

　　"华文师范学院"筹委会打出"能传授中华文化的灵魂"的旗帜,我以为这是抓住了办好华社教育的关键。过去我们在这方面也存在偏颇。有人认为会汉字的人就可以教华文,华文教师时常也以教会学生识汉字、用汉字造句和连成文章为全部责任,其结果导致华文教育一直被注重应用价值的家长和学生视为负担,学生习趣不但不高,经常还表现出抵触情绪。华文教师不但经济待遇不高,在社会上也没有地位,师资流失现象十分严重。

　　我们理解,若做到"能传授中华文化的灵魂",当可把华社教育大大向前推进一步。对于教师而言,要做到"能传授中华文化的灵魂",就必须对中华文化体系有系统的了解和深刻的认识,只有具备较为博大精神的中华文化体系的背景知识,才能培养起自己从事华文教育的兴趣和使命意识,也才能进而培养起学生的学习兴趣,在有限的时间内循循善诱地对待学生,使其能举一反三,从而收到事半功倍的效果。过去不少人一直抱怨华校教师工资一直偏低,这是华文教育走入低谷的主要原因。我们以为,这种说法并不完全正确。回顾中国历史,凡是教育取得较好发展的时期,凡是能在教育上取得卓越成绩的历史人物,都未必是高薪所促成的。事实上,中国历代教师薪俸一直偏低,他们总是以"穷书生"的面貌出现在历史舞台上。单说明清时期的基层,许多私塾教师薪俸微薄,但他们却把教育视为最神圣的事业,他们确是把握了中华文化的灵魂,并孜孜不倦地为教育事业"鞠躬尽瘁,死而后已"的一群,中华文化的辉煌和博大凝聚了他们的无限心血。因此,要让教师做到"能传授中华文化的灵魂",高薪固然是必要的,但更重要是的要让他们具备甘舍己利而愿充历史脊梁的"为天地立心,为生民立命,为往圣继绝学,为万世开太平"的崇高奉献精神。

在目前菲华社会,举有"能传授中华文化的灵魂"的师资尚存,但其中许多已退出教学第一线,有的或许已成为商界的佼佼者。我们以为,筹办菲律宾"华文师范学院"似乎可以沿着这样的路径发展:首先不必一开始就一味求大求全,应以"能传授中华文化的灵魂"汇集同道,觅师标准宜严不宜宽,贯彻"宁缺毋滥"的原则,有多大的阵容做多大的事,一步一个脚印。我们可以集中精力,根据菲华社会的实际情况编撰一些教材,但切不可以为编撰教材能一步到位,也不可以为有了一套相对实用的教材就可以一劳永逸。对于相对高层次的师范学院,也许教材仍只能作为教学活动的一种辅助。倘若教师完全以教材照本宣科,很可能他并不具有"能传授中华文化的灵魂"的能力,对于汇集到的教师,必须经常组织有深度的教学科研活动,建立起抒发学术见解的园地,并争取以丰厚的稿酬来激励这种学术探讨,这可以被看作是推动教学研究的一种权宜之计,也可以被看作是启动学术研究时期的一种润滑剂,至于招收的学生,当是对中华文化已具有较浓厚兴趣者,对象当包括华人和菲人。我们的办学宗旨是提供华文师资,但不宜把培养目标定得过于狭窄,华文师范学院也应设置现代科技方面的课程,因为中华文化仍处于发展过程中,只有不断吸收现代科技知识,中华文化才能历久而弥新。从社会需要方面看,也许掌握了中华文化灵魂的人,更具有了学习现代科技知识的内驱力,这样学生就不会把学习华文看成是一种负担,反而会成为学习现代科技知识的助推力量。只有这样,我们的华文师范学院才能办出生机、办出活力,也才会有较广阔的前景。

（原刊《世界日报》1998 年 6 月 7 日）

观"走向新世纪"随想

侨中七十五周年钻禧校庆,又推出了"走向新世纪"文艺歌舞剧。沈文老师的赠票为我提供了恭临观赏的难得机会。观后确产生了阵阵如啜佳茗的清新、长长如臻化境的恬适。

首先,从总体上看,这次演出既恰到好处也回顾了菲国独立百年历史、侨中七十五载春秋及中华浩瀚的文明,又更注重展示现实的美好并满怀信心地展望未来。在"菲国独立百周年"一场中,华人或菲华混血儿早已树立起一座座巍巍丰碑,现时代则把建设菲律宾、推进菲律宾现代化的任务交给了包括菲华青年在内的全体菲律宾人民。我们的青年任重道远,义不容辞。在"华夏风采"一场中,我们既体味到了作为"唐人"的光彩,也深深地为中华大地上各民族的璀璨文化自豪,显然,身在海外的华人较菲人或身在国内的中国人受到了更多的精神激励,这也许正是文化融合的魅力。整个演出的主旋律是激昂的,内容厚实,又雅俗共赏,回味起来则颇觉清新。

其次,这次演出中编导构思精巧,匠心独运,朗诵、歌舞、器乐乃至武术健身操穿插进行,既层次分明,又结构紧凑;既张弛有致,又高潮迭起,观众的情绪不断受到激励,从而在观众与演员之间建立起了良好的沟通。尤为难能可贵的是,这次演出既展现了侨中芬芳桃李的文艺天才,又处处得到了专业人士的行内指导,从而使这次演出的主体虽是侨中师生校友却又达到了较高的艺术水准,这次演出的成功薄发完全是侨中人长期厚积的结果。当演出在"向未来"的谢幕和"唱校歌"中结束时,我情不自禁地愿为这次演出画上"臻于化境"的句号。

颜长城校长声言,这样的演出"只是为活跃菲华舞剧文化尽一点绵力,让大家在商务之余多点机会充实一下精神文化生活,同时让学生、校友通过实际排练,去体验文化、艺术的真正内涵"。作为校长,能树立这样的追求体现了一种帅才风范,确实是高屋建瓴,切近时需。事实上,这次演出也已在菲华各界包括商界忙人与学生校友中引起强烈反响,可以说是不折不扣地达到了预期的目的。我想说,"走向新世纪"实际上是侨中面向全社会开设的又一场成功大课,林林总总的演职人员和各界观众都将程度不同地得到教益,仅从这一点上而言,侨中就堪当"中菲文明的向导"之大任。我甚至由此突发奇想,也许由师生排练歌舞节目不失为华校教育经常可用的良好教学形式。我深信,贯穿中华文化灵魂的华文教育才最易收效,而文艺形式经常构成文化灵魂的载体,又颇能为师生们所喜闻乐见。

让我们衷心祝愿侨中在"走向新世纪"的征程中再创辉煌。

(原刊《世界日报》1998 年 1 月 23 日)

与美国教授一起爬山

10 月 17 日,又是一个阳光灿烂的日子。早晨 7 点多,我随 Joseph W. Eshrick 教授率领的圣迭戈加州大学历史系的师生登山队一起,从 Camping Area 出发,向 Marion Mountain 的山顶进发。

事前有同学问我,平时爱不爱爬山,我不明就里,答复说在国内时常爬山。他们说那可能就没有问题。当大家准备点心时,我还乐哈哈地把一大盒切成片的菠萝装进包里,兴高采烈地背在身后。我想不就是爬山吗?不就一两个小时的事儿吗?我在国内也爬过不少山呀,除了周末爬厦门的五老峰外,我也领略了黄山、华山、峨眉山等。只是黄山在我徒步下山之后的几天,膝盖有些不适而已。

Joseph W. Eshrick 教授身高 1.93 米,年龄已 68 岁,队伍里有 Joseph W. Eshrick 的妻子叶教授等四位教授,加上我,另外则是黄皮肤、白皮肤、黑皮肤的博士生约十余人。

加州的山真是陡峭,一开始大家精力十足,颇长的一段陡坡之后,大家才认识到了这山的厉害。山路纯粹是登山者走出来的,没有铺设任何石板,上山时的那种气喘吁吁对多数人而言已不可掩饰。本来是一个跟一个上山的,这时却逐渐地拉开了距离。我处于不前不后的位置,抬头向上看,时不时可以看到 Joseph W. Eshrick 教授的身影,我身旁的一位老师说 Joseph W. Eshrick 是个老登山,看他的姿势,攀头往前伸,背弯着,脚尖蹬地,这样就能轻便地往前走。几个人这样议论登山技巧的时候,我很自然地意识到彼此已都有了欲罢不能的心理了。

因为有厦大校友夫妇的鼓励,我不想让他们失望。我逐渐削减着清晨抵御山间之寒的衣服,不断地给自己打气。身后背包里的东西越显沉重,但我不愿意声张。我暗自想,或许目标并不遥远。咬咬牙不就过去了吗?总是给人以一个能人的感觉比较好吧!

队伍里的学生或许痴迷于山中美丽的景色,纷纷停在路边留影,我则逐渐有了靠近 Joseph W.Eshrick 的空间。因为他是我的联系导师，前些时日我考虑到他比较忙，没有怎么去打扰他，我想这时不就是一个好时机吗？这样想着，我越来越靠近 Joseph W.Eshrick 教授，我向他汇报了来圣地亚哥一个月读书与思考问题的情况，描述了我对美国社会的印象，还与 Joseph W.Eshrick 教授讨论这山上砍倒的树木为什么不运下山去等问题。Joseph W.Eshrick 教授走在前面，细心地倾听着。不时给我提供着一些新信息。看他矫健的步伐，我禁不住问他："登山是不是也是一门技术？"Joseph W.Eshrick 教授说："当然。"他从小就酷爱登山，平时他经常利用节假日登山，因此水平是长期磨炼出来的。回想在国内爬山，许多人喜欢坐缆车，白白地把靠自己之力征服山顶的机会给错过了。因而实在无法体会到登山的乐趣以及登山对改善身体状况的意义。美国人注意磨炼自己的意志，亦从征服自然中收获到了乐趣。Joseph W.Eshrick 教授一边爬山，一边用相机拍两旁的美景，快乐得像个幼童。而我们随在其身后的师生，则多数失去了正常的走路姿势，走路有些深一脚浅一脚起来。

三三两两的同学开始打起了退堂鼓，我也有了退意，但 Joseph W.Eshrick 教授鼓励我，让我觉得没有理由退出。他解释说：同学因为课业压力大，不宜过度疲劳，而我们则还可利用没有课的时间休息。加上我包里有准备分给大家吃的菠萝，所以我没有理由退却，我心里暗想，你快 70 的人了都能爬，我有什么不行的？借着这浩瀚、茂密而粗壮的松木释放的大量氧气，超越自我，完成一次伟大的旅程。放眼遥望，我不时为茂密的树林中挤进的和煦阳光所抚慰，心里特别畅朗。

当表指向 11 点的时候，我问 Joseph W.Eshrick 教授还有多远，教授说路程才走了差不多 1/2，这时学生已经全下山了，留下来的是清一色的老师，我算其中最年轻的一个。我想：无论如何我得拿出年轻人的气概来。

时针到了 12 点 30 分的时候，我们终于到了离顶峰只有 100 多米的地方，我发现 Joseph W.Eshrick 也要休息一下了。乘他休息之际，我箭步向山顶冲去，攀到了顶峰，牌子上写着：10,835 Fts。我让有人帮我留了影，其中清晰地记录着这一数字。

下山的时候，我越来越发现我的膝盖有些用不上力了，但 Joseph W.Eshrick 教授依然矫健，没有丝毫倦意。

回来后,我的思绪仍反复浮现登山情景,且反复思考着:为什么在美国,一位近 70 岁的教授能轻捷地登上陡峭的 Marion Mountain,而我们的教师们尽管也会去山上,但许多人已不愿自己攀登,而喜欢乘坐缆车了。毅力和坚持或许正是支撑美国领先于各国的前提。

（原刊《厦门大学报》2009 年 12 月 10 日第 4 版"域外见闻"专栏）

在美国过感恩节

11月26日，周四，是美国的感恩节，法定假日。第二天就是所谓的Black Friday，是美国人购物的好时节。这一天许多商场在凌晨四五点钟就开门迎客，折扣也是一年中最大的。于是，许多人早早地便赶去排队，据说排在前面的顾客还能享受到特别的优惠。有的电器店为了吸引顾客，可以限量降价至20％左右，这无疑给了贫寒家庭享受高档电器的机会。那一天刚凌晨4点，我似被谁叫醒似的，也加入了购物者的人潮之中。或许商场也在抓紧时间向他的客户表达感恩呢！

感恩节是源于早期从英国来美国的第一批开拓者为表达对当地土著印第安人的敬意而设立的。当时，刚到美国的开拓者衣衫褴褛、饥肠辘辘，是印第安人悄悄地送来火鸡肉慰劳他们，使他们度过了最艰难的时刻。从此，感恩节便延续至今。每每提及这段历史，我们都感到世间的无限温暖。

我由中国来美国做6个月的访问学者，作为外来者，我同样得到了美国人民的热情接待。除了当初到达时的机场接机，到达之后的协助安顿，工作上的细心争指导，乃至日常生活中的精心照顾之外，感恩节又成了我们的"饕餮节"，已经有恩于我们的美国华人和当地人都热情邀请我们到他们家去做客。

美国华人给予的温情让我备感亲切。他们虽然住着洋房，烧着壁炉，但菜蔬却具有十足的中国味，让我们在严冬中体会到了家乡般的亲情温暖。圣地亚哥没有唐人街，有的只是教会，再就是家庭。显然华人都具有自强、自立能力，他们布置大的房子，其中一个目的就是给聚会提供空间。这个感恩节我就颇惊叹老乡张老师家的典雅富丽和张家主人的厚道诚挚。客人约有30人，来回穿梭，都不感到拥挤。蜿蜒数米排列的各式充满家乡味的菜肴顿时勾起了大家的食欲，人们鱼贯而行，挑选着自己喜欢的食品，特别是那些本科生、研究生客人很有战斗力，他们大快朵颐、风卷残云一般，一盘盘满满的菜肴很快就见了底。主人不仅让客人吃饱，而且还准备了各种水果、各式饮料,还加上多种酒水。盛到自己喜欢的菜蔬后,客人间随意聊天,一餐饭吃完,客人间便实现了从陌生到熟悉的转变,彼此留下联系方式,从此就成了朋友。这种节日聚会当然少不了增添无限生气的孩子们。这次共有3个小孩,两男一女,最大的那个是女孩,读三年级,身材高挑,脸庞清秀,据说正在学跳芭蕾呢。一个小她4岁的弟弟,找出了主人家的旧玩具,亦玩得乐此不疲了。还有一个小男孩是个混血儿,父亲是美国白人,母亲是中国人,小家伙一长着父亲传给他的黄毛,亦保留了母亲的清秀脸庞,虽然才不满1岁,却安静不闹,总是对周围的一切充满兴致,客人中有白种人、黄种人,小家伙都报以微笑,实在逗人喜爱。

美国当地人对人总是朴实、热情。走进商场,他们会热情地走过来,询问您需要什么帮助,只要您提出自己的疑问,他们均会不厌其烦地给予您解答,直到您满意为止。对于英文不好的客人,他们的语速会更慢,还会不断地变换表达方式,求得让您的疑问冰释,让您的心情爽朗。我去过一家美式自助餐馆,服务员不断地帮助清理盘碟,不时地送上点心让您品尝。在公共汽车上,司机虽然已上了年纪,却热情洋溢,充满活力,耐心地给外来的顾客指路、释疑。

美国加州是一个多元文化得以充分发展的地方,这里的华人与当地人已经建立起和睦的关系,跨族婚姻现象普遍,婚姻质量较高,混血后代不少。加州圣地亚哥又是一个阳光之都,大家彼此都开朗容人,彼此表达感恩,因而社会充满着和谐。

生活在加州的土地上,我沐浴在阳光里,沉浸于亲情中,感受着相互的感恩,体会到心灵的宁静,我觉得这是一片生活的乐土,是我们中华文化追求的化境。过去我们常很自然地做东西方文化的界分,其实,在文化交流频繁的今天,文化间的神秘性已消失,更重要的是选良择优,我徘徊于东西方之间,时常会生出怎么西方中国化了,而中国却西方化了的迷惑。

(原刊《厦门大学报》2009年12月18日第4版"域外见闻"专栏)

圣诞节来到旧金山

圣诞节是西方最大的节日，我跟随朋友的车，经过 7 个小时的颠簸后，从加州的南部圣地亚哥来到了旧金山——这个昔日被华侨视为淘金之地的城市。

我在 Downtown 找了一家小旅馆住下之后。便信马由缰走到街上，这时天色已暗，街上只有那些巴士还在穿梭，偶尔有几辆车闪烁而过。我走进一家超市，买了些面包，就算是晚餐了。

第二天是对 Downtown 的全面细致考察，旧金山的许多高楼集中在这一带，从 Oakland Bay Bridge 向西延伸，有 17 条街道，分别叫第一、二、三、四、五、六、七……直到第十七街。一处巨大的 Mall 叫 Bloomingdales，刚好是圣诞第二天，许多商品都打折。这里汇集了许多金融机构，许多大型公司的总部，那高楼真叫鳞次栉比。这里更有著名的 Chinatown，早先来这里的广东人筚路蓝缕，用传统的会馆组织联络同乡，渐渐形成颇有影响的中国人势力。中华会馆、各邑会馆如冈州会馆、四邑会馆、和台会馆、福建会馆等、宗亲组织（如李氏宗亲会、许氏宗亲会、廖氏宗亲会、胡氏宗亲会等）自然构成了一种上下相连的组织结构。走在唐人街上，不时便能看到那些最奢华的建筑就是会馆，首先是门楣有显目的中文大字，屋檐、墙壁上都装饰了彩色，或绘有图画，成为 100 多年中国文化的标志性建筑。它们对内严格控制着来旧金山的华人，对华人出入境予以管理，协助办理移民、留学等事项，对外则积极维护着在旧金山华人的利益，每当遇到华人的集体权益遭到侵害时，它们便主动出面与政府或相关部门交涉，为华人在旧金山乃至美国的发展创造了条件。如今，这些会馆历经风雨已显破旧，其基本功能却仍在，办华文学校、华文报纸，举办华人艺术展，支持体现中国文化的餐馆、商店建设，Chinatown 因为有了会馆组织和会馆建筑，才更加彰显了中国的内在意涵。Chinatown 的商店里卖着中国的产品，如佛像、丝绸产品，来自台湾、香港的精美糕点，还有布鞋这类在中国本土都较少穿的东西。或许这些东西都是用来招徕美国人的,另有四川担担面、乌江榨菜、李锦记辣椒酱,还有镇江老醋、绍兴加饭酒、台湾凤梨酥等,更勾起了我的购买欲望,柜台结账的营业员也是用国语招呼我们这些游子的。坐到饭店里,吃到原汁原味的中国餐,听到周围人也在聊着广东话或国语,确实能解掉不少思乡之渴。我看过加拿大多伦多的唐人街,看过菲律宾马尼拉的唐人街,却对旧金山的唐人街情有独钟。第三天我又禁不住再次去了 Chinatown,并且看到了更多的宗亲组织、同乡组织、神缘组织和会馆,看到街上讲着广东话和国语的华人,吃着中国味十足的饭菜,我真有些不舍的感觉。

圣诞节也是 Chinatown 的最重大节日,商店里的商品尽管多标有中国文字,但人们口头上已全用英文,他们会在自己家的院子里挂上彩灯,装饰起很可爱的圣诞老人,有的还依据圣经故事绘声绘色地加以再现。有的人家让圣诞老人拿着“世界要求和平”的条幅。他们会在家里点亮圣诞树,树上挂上孩子们接受圣诞老人礼物的袜子,树顶上或是一只鹰,或是一颗星。这些人家的小孩既能流利地讲上英文,同时亦颇习中文,加州是个多元文化荟萃的地方,华人文化无疑是其中较为璀璨的一支。

旧金山地处海滨,大桥、码头是少不掉的设置。金门大桥、渔人码头是旧金山最有代表性的旅游景点。但我就近看了 Oakland Bay Bridge,这座桥坐落在旧金山的东部,连接了 Angel 岛再向大陆的另一端延伸。我差不多用了两小时的时间流连于桥边,一面是放眼看那座高高的桥,一面是看海滨大道内侧的雄伟建筑,远处还有高高的钟楼,在桥的这一端还有一座巨大的印第安人风格的箭在弦上雕塑,箭涂成红色,远远望去,确实能让人感受力量和体味血腥。

第四天我选择随旅行社走一趟 City Tour,主要目标就是金门大桥和渔人码头,金门大桥总体呈红色,显得气势如虹,号称金门,无疑寓含了财富的意思。华人最早从渔人码头踏上这片处女地,辛勤开拓、耕耘,造就了旧金山今日的辉煌。我们何尝不可将金门大桥看成是早期华人开发建设旧金山的纪念碑啊。这里无论是叫 San Francisco,还是叫三藩,还是叫旧金山,都与华人脱不掉必然的联系。

我站在旧金山的海滨,思绪又不由自主地跃向了彼岸的中国,太平洋虽然浩瀚,但它构不成两岸间的屏障,那时的中国人不能坐飞机,甚至有的坐的仅是简单的帆船或初步的机动船就来到这片新大陆。如果说旧金山堪称现代文明的样板,那么,华人甚至是没有多少书本知识的华人却是这现代文明的缔造者,我们不能不为之讴歌。

（原刊《厦门大学报》2010 年 1 月 6 日"海外见闻"专栏）

圣地亚哥港之旅

10月25日一早,我与小黄乘30路公车到达 Old Town,上午游览了小镇,了解到圣地亚哥的历史,下午我们便乘 Trolly 去 Santa Fe 的 Broadway,然后来到 San Diego Harbor,赶上了下午1点45分的 San Diego Harbor Excursion,开始了两小时的海上之旅。

前半段是 South Bay 的游览,我们看到了各式各样的美国船只,从航空母舰到沿海卫队,从货船到长途游览客船,从海军医院到大型游轮。蜿蜒数里,当游船行至科罗拉多桥下,我们为那恢宏的气势震撼了。该桥长度2000米,桥高1200米,比世界上目前最高的摩天大楼还要高出一倍多,足以让一艘航空母舰从桥下通过。有94根钢柱桥墩。它连接着圣地亚哥与科罗拉多岛,科罗拉多岛上也有很多居民,那错落有致地分布在山坡上的房子据说是美国最昂贵的住宅,户户可以观山看海,身处美国圣地亚哥这亚热带海湾城市,四季温和,湿润的海风吹来,给略带沙漠性气候特征的圣地亚哥增加了些许水汽,其惬意是不言而喻的。

一个小时后,我们回到了港口,只乘半程的游客上了岸,换上了另一批游客。我们则又开始了 North Bay 的游览。虽然正处中午,阳光多少带给人们一些困顿,但是我还是体会到了与 South Bay 完全不同的风格。这里展现了圣地亚哥历史上的各类船只,有风帆船,有独木舟,还有许多私人游艇点缀其间,让人感觉亲近了许多。如果说 South Bay 显示的是美国的大国实力,那么 North Bay 首先展示的是这个海湾城市的日常生活。放眼遥望,山坡地上更多连绵的房舍,沐浴于下午的阳光中,给人以宁静之感。游船驶入一片野生动物保护区,海面上是一大片被围着的区域,无数的鸟类栖息在浮在海面的木板上,走近时我们又看到许多海狮、海豹懒懒地躺在浮板上,我们按下相机的快门,拍下了它们的憨态,却也领教了那片区域浓浓的海腥味。

North Bay 的行程逐渐进入了一片更广阔的海域,海面游艇点点,留给我们的印象不是日常工作中那种千帆竞渡的紧张状态,而是细腻地品味生活之美的安适恬静,酷似攀爬上浮标的那些海狮一样,大海的环境虽然充满凶险,但能安逸且得安逸吧,人总不能都处于紧张状态啊,中国古话不是都说:"文武之道,一张一弛"吗?我留意观察船上游览的人们,有不少是上了年纪的夫妇,也不乏年轻的情侣。老年夫妇们在这温和的海风中也不免相互拥抱亲昵,感谢彼此数十年来相互的扶助;年轻情侣们则不时相拥热吻,溢发出不竭的青春活力。小黄差不多算我的学生辈,又是学外文的,显然也被这种气氛感染,静静的站在栏杆边,眼睛凝视着远方,想必她也动了思念亲人之情。我知道她先生在国内忙于工作,儿子才刚 4 岁,她来美国时只是跟儿子说是出差……这时,我看到一位老太太离开她的先生,走到一张空凳子上,径直躺下睡觉了。她将太阳帽盖在脸上,随身背包当了枕头,美国老太躺着的那种纯真样,让我联想到《红楼梦》中的史湘云。

导游告诉我们,前面那更广阔的海面是墨西哥海域,人们很少进入,那里有无数神奇、神秘甚至神圣的故事,可以给挑战者以搏击的空间。

North Bay 的回程路线是沿着科罗拉多岛岸线前进的,该岛是美国的海军基地,上面有各类战斗机、运输机,据说还有武器商店。看到那些安然停放在机坪上的飞机和空荡荡的演练场,我们看不出任何战争的气氛,与周围的氛围大体相符。想起本月初在圣地亚哥举行的 Air Show,像 F-22、B-2、F-35,再加上 F-15、F-16 等传统型战斗机,无疑是显示着美国在世界范围内的军事霸主地位。在行程的最后,留在我们视野里的还是那艘巨大的航空母舰。

进港前我们还经过了一沿海公园,上面停放着私人的游艇,还有一些供人们游乐的桌椅设施和商店,公园是因一尊重要的雕塑而声名鹊起的,一位美国海军正在热吻一名法国的女护士,这幅曾经被二战后的人们热捧的照片被永久定格在这座公园里,显示了人们对和平的期盼。

临下船时,我再度回望那宽广、碧蓝的海面,依依不舍,她让我想起了太平洋对岸的厦门,那儿是我工作的地方,那儿有我的妻子女儿。我不禁要为大家的彼此平安、正常上班、上学祈福!

(未刊稿,2009 年 10 月 26 日于美国圣地亚哥风街)

圣地亚哥的"日出而作"

我在圣地亚哥的生活是简单而朴实的,当早晨的第一缕阳光射入我窗棂时,我会迅速地起床,梳洗,吃些早点,然后便马上走向公车站点,赶 7 点 30 分往学校的 921 路车。而时针指向下午 4 点时(夏时制时一般是 5 点),我又得收起我的活计,再赶回公车站点,坐 4 点 15 分或 5 点 15 分的回程班车,约略 40 分钟后回到住处。一会儿夜幕便降临了。中午饭是在学校的学生食堂吃的,自己带的便当,微波炉里热一下就算完事。因为公车最迟一班是下午 7 点,我无法晚上迟归。我的生活真的是"日出而作日落而息"式的生活。

我来学校后的大部分时间是在图书馆看书、写东西,这里照样有中文图书(当然大部分是英文的)。特别是近几年大陆出版的套书都能很方便地看到,又是那样一种特安静的环境,让我心静神宁。由于每次我都来得早,所以我尽可以挑一个靠窗的座位,一学期下来,我在那位置上的时间肯定超过一半。学校这座图书馆纯粹是钢筋水泥结构的,每层全是玻璃窗,晚上从很远的地方看过来,就像一座水晶宫。据说很多校外的人都在晚上来拍照留念呢!

我在这个位置的时间则是上午 8 点半到下午 4 点(或 5 点)。位置朝北靠西,所以我至少可看到北面和西面的风景,抬头越过桌子的栏板,则还能看到南面的景色。圣地亚哥地处大西洋的西岸,时常有洋面上的层层水汽随风飘过,将图书馆周围变成有似《西游记》中的仙境。因为圣地亚哥较少受到海上暖流的影响,这里更多表现出沙漠性气候特征,晴天、阳光总是居多,于是只要我抬头眺望窗外,我便能欣赏到炙热的阳光遍洒在层层叠叠的桉树上,高高的桉树竟乖乖地承受,连枝头都不会摇动一下。或许风与雨是天生的一对,没有雨的世界自然少见风的踪影。

上课时间,我能看到不同肤色的学生们,穿着或多或少的衣服,朝着不同的方向匆匆地行走,有的蹬着自行车,也有的就用滑板,学校还为行走不方便的人们准备了电瓶车。草地上时常有老师带着一堆学生在上课,大家围成一圈,争先恐后地发言,阳光会驱使他们在上完一次课后只着一件短袖。据说今年是圣地亚哥下雨较多的一年,遇到下雨,我经常像农民那样找理由赖在家里。因为有一次回程候车时,狂风伴着暴雨,让我的雨伞也失去了功能。许多人都只好收起雨伞,立于雨中,任凭甘霖的浸洗。

不在图书馆的时候,我则可能是去听课或听讲座。研究生的 seminars 是很不错的,一般都是老师拟定一个主题,给学生们一些参考书目,一星期后,由一人主导发言,其他同学引起讨论。老师不时地穿插一些知识背景的介绍,或在适当的时候加以提示,以便引导学生的讨论向深化处推进。另外就是研究生的论文开题之前,往往也反复有这种形式的讨论。上次我就参加过社会学系的一博士生关于中国人权发展的博士论文的开题会,在场的访问学者和博士生都发了言,谈了自己的看法和建议。导师是美国社会学界著名的学者马森教授,他的门下聚集了来自各地的访问学者,因此这样的讨论往往能给主讲者很多的启示,难怪大家都争着往名师门下去。除了导师的因素外,这众智显然也不可小视。还有一次我聆听曼素恩教授的中国妇女史讲座,到场的不仅有研究生、本科生,还有大量的老师。主讲之后的提问让曼素恩应接不暇,大叹讲座其实对主讲者也是一次难得的学习机会。还有一次去观摩毕克伟教授的《中国电影史》的课程考试,形式是让学生们表演 20 世纪二三十年代的上海无声电影,学生们精心准备,还叫来了自己的啦啦队,要表演好,学生们真是费了不少心思,不仅要反复观摩电影中演员们的细节表演,而且还要准备各种服装、道具等,这种形式无疑让学生得到了多方面的锻炼。

因为"日出而作",我失掉了许多晚上体验校园文化的机会。一次蒙周锡瑞教授盛情,我只好请室友开车载我,前往观摩周教授开设的"中国现当代史"的考试。他将学生分成汪精卫集团、共产党、国民党还有边疆派四组,每组再拆成三小组,层层淘汰,最后剩下的四个队进入决赛。主题是 1941 年,谁当主导中国的命运。决赛时先是各组陈词,接着是相互提问,再就是观众提问,大家唇枪舌剑,气氛热烈。要准备这样的决赛,同学们用尽心思搜寻资料,力求在比赛中赢得主动,确实是一种好的考试形式。学生们使出了浑身解数,结果正如历史的真实那样,共产党这一阵营赢得了评委和观众一致打出的最高分。这是"日出而作日落而息"生活中的小插曲！

大学里的业余活动也很丰富，我们访问学者归学校的 International Center 管理，该中心也总是举行各种活动，譬如每周五有价格很低的 Lunch，每周均选不同风味的菜色。厨房里许多人就是像我们这样的访问学者，来这里均是做义工，固然价格便宜。该中心还面向全校举办国际文化周，其中有一游行是国旗游行，我带了另一访问学者和一交流学生去参加了这一活动，我们一起举着中国国旗，走在流动的国旗的丛林中，面带微笑朝向路两旁驻足观看的各国学生，心里特别的高兴和自豪。

（原刊《厦门大学报》2010 年 4 月 16 日第 4 版"海外生活"专栏）

High Park 公园游记

5月19日是我们盼望已久的日子,我们旅加拿大多伦多的中国访问学者相约去位于西区的 High Park 公园游览、联谊。这是我来后第一次参加此类活动。我早几天就开始计划,到那天竟激动得夜不能寐,起了个大早。眺望窗外,天气阴沉沉的,总算没有下雨。要知道多伦多可是一个多雨的城市,不下雨就令大家伙很开心。

我们相约的集合地点就是 High Park 公园的东门,相约的时间是9点30分,而我为了能从容些,还不到9点就乘车赶到了集合地点。谁知道,集合已经有几个人了,尽管我过去不认识他们,但一看便知道他们也是访问学者,于是我疾步上前,打起了招呼。

身在异邦,不由得会产生思念祖国的情绪,能跟散于多伦多各学校、平时又住得很分散的来自祖国各地的访问学者交谈,哪怕是讲英文,也深感亲切,倍感温暖。

参加活动的人陆陆续续来到了集合地点,相互介绍,交换名片,彼此顿时变得亲密无间。有的发现了本留学单位的其他访问学者,有的发现彼此竟来自于国内同一所学校。信息时代仍存在着许多信息死角,这就更需要面对面的接触、联系乃至拓展了。

到了约定的集合时间时,联谊会的负责人清点了人数,参与者竟有51人之多,而我们在多伦多大学的留学人员就多达30余人。因为此次活动的发起者是我们的父母机构——中国驻多伦多总领事馆教育组,教育领事自然要利用这个机会给我们介绍形势,强调一些注意事项,引导我们相互认识。

刘俊华领事是个热心人,他从生活的各个方面给我们提供了诸多有用的信息,大家听得聚精会神,鸦雀无声。刘领事的讲话对我们这些新来者来说,无疑具有重要的指导意义。难怪人们说,在家千日好,出门时时难。此时领导、同事、朋友的帮助就特别重要。

一转眼就快到了 12 点,有的人逐渐意识到肚子有些饿了,有的人衣着单薄,逐渐发现天气很冷。有这种感觉起初只是少数,后来有同感的人却越来越多,显然天气在迅速地发生着变化,天更阴了,风也更大了,不时几滴雨滴洒落下来。

刘领事注意到了大家的情绪变化,宣布买麦当劳的食品给大家当午餐,本来各人已自备了午餐,增加了午餐的内容后,大家的情绪又高涨起来。在午餐之前,大家分散游览了偌大的 High Park 公园,大片的草坪,各异的树木构成了该公园的主要景观。草坪上随处聚集着成群的鸟类、松鼠等。它们和人们各安其处,彼此映衬,显得和谐、闲适。有人说加拿大的民族精神就是追求自然、恬静和不张扬,High Park 公园真的给了我们形象的诠释。这里的草坪并没有过多的人工雕琢,杂草长于其中,野花也竞相开放。树木则并不成行,而是随处散栽,显得更加多姿。公园里布置了一些木条桌凳,岁月的风霜已使其风化斑驳,但同样让人体会到了自然与质朴,也许游人们追求的就是这种天然去雕饰的效果。

午餐之后,大家纷纷觉得暖和了不少,天也开始转晴。大伙儿的游兴再次被提了起来。偌大的 High Park 公园,除了自然的景观外,也还有几个人造的所在。比如在一块坡度甚大的草坪上,园艺师们做出了巨大的枫叶图案,旁边也规划了一个整齐的园中园,绝对不亚于中国江南苏州等地的园林。人们说加拿大确实是一个多元文化并存的民族,在公园里,你也照样能看到各种肤色的人们和谐相处。我刚来加拿大时就曾惊叹:来了加拿大,实际上相当于来到了联合国,你想找哪一个民族、哪一个国家的人,都会得来全不费功夫,就说多伦多大学,在一个小小的自修室里,你就可以与世界各国的人们相会。

我们沿着蜿蜒的小径领略着公园里的不同景观,大伙儿不停地发出赞叹声,我们可以看到池塘里野鸭在悠游,一有游人经过,这些小生灵们还纷纷向游人们靠拢来,祈求游人表达爱意,或赏给它们一些吃的,这不禁让我想到多伦多遍地成群的鸽子。经常可以看到有人往地上撒面包屑,鸽子竞相争食。它们与人友善,从不畏人。

乘着游兴,我们一行人又来到了安大略湖边,辽阔的大湖让人看不到边际,湖中远处零星分布着一些小岛,我们在多伦多塔的背景中留影,在造型各异的建筑前驻足。我们无法在短时间内走完漫长的湖岸线,却也已经体会到了它的舒展、它的博大。

（原刊《神州学人》2002 年第 498 期）

体验多伦多的龙舟节

端午节赛龙舟是中国人的传统习俗,身在异国他乡的我在遥远的加拿大幸感了一次洋"端午节"独特的魅力——第十四届多伦多国际龙舟节,来自香港、欧洲美国及加拿大各地的 200 多个队伍,角逐了 120 场比赛,场面之宏大,竞争之激烈,令人叫绝!

龙舟大赛活动推广主席简慧儿(Sharifa Khan)坦言:"多伦多华商会主办龙舟节之其中一个目的是保存及发扬中国传统及祖裔文化,在推动的过程中,亦驱使其他族裔社区珍视其传统文化习俗,透过彼此分享交流,发挥加拿大多元文化之精神。"从龙舟大赛组织者的言谈中,我们不难窥见其积极参与当地社会、开展文化建设以及谋求华人文化社会地位的良苦用心。

本届龙舟大赛主席吴建峰(Robin Ng)表示:"国际龙舟大赛是多伦多每年夏季的户外盛事,结合了体育运动、娱乐及文化等多种元素。"

主办机构多伦多华商会会长张德龙(Peter Cheung)说:"每年前往中央岛观看龙舟大赛的市民人数不断增加,(他们)来自加拿大不同族裔社区。"

当然,尽管这次活动由华人组织,但照样体现了加拿大多元文化的色彩。仅以舞蹈看,中国民族舞拉开了舞蹈之序幕,以提示观众这是由多伦多华人主办的活动,其后西班牙舞、希腊舞、夏威夷舞、爱尔兰舞、古巴舞和巴贝多舞等表演又让人充分感受到世界各地优秀文化的丰富和多彩。不同的肤色,多样的穿着,银发的老人、稚气的儿童,每个表演者都力求向观众展示本民族文化的辉煌。刚下过雨的草地还多有潮气,但这并不影响观赏者的高涨情绪,他们大多席地而坐,对台上一幕接一幕精彩的节目报以一阵又一阵热烈的掌声。人心毕竟是相通的呀!美丑则基本上有一致的标准。

活动的组织者是颇具匠心的,这次号称多伦多第十四届国际龙舟节的活动,自然调动了全多伦多居民的积极性。参加比赛的 200 多个队中,多数来自多伦多各社区,许多队由多种族裔组合而成,自然是一个增进融合的好时机,大家的语言都是英语,却多多少少带上些口音,这更增加了相互交流的情趣。我们也操着不流利的英文试图与比赛健儿攀谈，他们报以热忱的接纳和耐心，我们想与他们合影，他们则做出诸多富有朝气的动作加以配合，让我们深深体会到人间温情的汩汩流淌。

比赛的场面是巨大的，每个代表队都衣着整齐，每支队伍也都有自己阵容强大的啦啦队，广播里不时传来比赛中的捷报以及播音员对现场的解说，观众席上则坐着各路"诸侯"，气氛甚是热烈。我们注意到比赛的组织者还兼顾了癌症康复者以及残障少年，为他们专门设置了比赛项目。

最让我们能体味中国人过节气氛的莫过于各商家的拓展业务活动，其中免费赠送食品、小礼物吸引了不少游人，人们排着队等候着接受礼物、参加游乐活动。商家有赠送洗涤用品的，有赠送饮用水的，有赠送纪念图册、纪念带和钥匙圈的，还有赠送幼儿画册的。几乎男女老幼全被调动起来了。应该说这是一次很好的推销机会。人们在草地上歇息，一边吃着免费的食品，一边观看着精彩热烈的龙舟赛，自然是一种无上的享受。

据统计，参加和前往观看的人数达到 13 万人，可以说占到了多伦多市的 1/3，我们坚信这次活动的影响是巨大的，达到了此次比赛组织者所想达到的目的。

加拿大是个多元文化共同发展的国家，已占多伦多人口总数 1/10 的华人理应承担起张扬中国传统文化的使命，显示中华民族的整体实力。对于这类活动，多伦多华人多是积极支持的，反之，对于那些总想往中国政府脸上抹黑、企图妖魔化中国的各类活动，越来越多的华人则远离他们、鄙视他们。

每当我们看到韩国足球队赢得比赛，大街小巷到处飘扬着韩国国旗的时候；每当我们看到犹太人彼此帮助，跻身各国商界和政坛的时候；每当我们在称扬德国民族讲究纪律、信守规则的时候，我们是否都应该反思一下我们民族的整体形象。形象就是资本，形象就是地位，我们每一个海外的中国人都代表着中国这个神圣的字眼，我们没有理由玷污这个神圣的字眼，而只应为其增添光辉。

在这个意义上，我为第十四届多伦多国际龙舟节的成功举办鼓而呼！它是一次全民健身活动，同时又是一次中华文化的播扬之举，每位运动员身着的印有中文"龙"的字样的运动服说明了这一点，许多观赏者手中获得的

商家制作的具有中国文化意韵的赠品也告诉了人们这一点。海外中国人正加速融入当地主流社会,这种融入不是放弃自己文化的投靠,而是把自己优秀的文化传统带进主流社会,使中国文化的优良传统成为主流社会文化的一个重要组成部分。

我们坚信,中国人"龙的传人"的形象正日益为世界各国的人们所接受、所称颂。

(原刊《神州学人》2002 年第 499 期)

体验温莎之韵

8月30日至9月3日,我获得了一次赴英参加学术会议的机会。会议的主题是"信息之力与中国近代性的形成",与会代表来自亚欧美各地,两天满满的交流不能说没有收获。这儿我特别想记录的是会议之后黄昏下的温莎小镇之旅。

傍晚6点,我们由伦敦大学霍洛威学院的古老城堡式大楼出发,驱车前往约10英里之外的温莎镇,9月的伦敦,早晚已显出丝丝凉意,但车窗外的阳光温婉迷人。车子在蜿蜒的小道上穿行,让人产生由田园向更深的田园进发的感觉。路两边的树木参天而立,形成密迩的篱笆墙。夕阳穿过树丛,光线交织成变幻的图案,让人遐思。

当车子来到一个交通路口时,我们知道温莎小镇到了。会议组织者让大家下车,步行走过一条狭长的街道,以便于我们走进这虽属偏远却极具贵族气息的生活情境之中。

街道旁是各式店铺,有书店、商场,还有酒吧、饭馆,那些店牌是古老的,有一书店叫"伊顿古老书店",有一商业街标明了最早的成立时间是1896年,有一煤店也标明其悠远的历史与顽强的坚守。这些沿街的店铺建筑风格各异,但都不高,至多也就三四层,多数是一两层的,沿街的窗台皆种有鲜花,花香色艳,宁静中彰显着勃勃生机。一会儿我们来到了伊顿桥,泰晤士河由小镇穿过,夕阳下人们徜徉在桥上,悠闲地欣赏着如金一般的阳光,远处河面愈显开阔,河中之洲上休憩着肥硕的天鹅,洲上树丛中的小屋则若隐若现,宛若仙境。

伊顿侨通向一片高坡,高坡上的代表性建筑便是温莎古堡了。这是英国王室的行宫之一。早在11世纪,征服者威廉一世为防止英国人民的反抗,在伦敦周围郊区建造了9座相隔32公里左右的大型城堡,组成了一道可以互相支援的碉堡防线。温莎古堡是9座城堡中最大的一座,该堡建于1070年,转瞬已历近千年。其间,英王亨利一世曾于1110年在这里举行朝觐仪式,从此,温莎古堡正式成为宫廷的活动场所。经过历代君王的不断扩建,到 19 世纪上半叶,温莎古堡已成为拥有众多精美建筑的庞大的古堡建筑群。温莎古堡占地 7 公顷,是目前世界上最大的一座尚有人居住的古堡式建筑。这是一个花岗岩建筑群,共有近千个房间,四周是绿色的草坪和茂密的森林。正面是圣乔治大教堂,哥特式建筑,塔尖高耸入云,十分壮观。古堡分下、中、上三区,下、中两区为英王王室的正式国务活动场所和私邸;上区有国家公寓,以收藏皇家名画和珍宝著称。古堡四周是一望无际的青草地,远处是田园农舍,一派乡村原野风光。女王及其亲属常到此地度周末或短期居住。或许今天的温莎镇人并不再憎恨王室的奢华,他们倒是可坐收古堡旅游业发达之利了。

我们选择了一家摩洛哥风味的餐馆,完成了此次英国会议的最后晚餐。会议代表抛开了会场上的正襟危坐和不苟言笑,变得亲切和谐起来。大家相互畅谈,或是英文,或是中文,总之以畅爽为基调。摩洛哥的餐厅、食品和服务均极具特色,但我们跨越民族间的交流则更沁人心脾。

(原刊《厦门大学报》2010 年 11 月 12 日第 4 版"海外生活"专栏)

师友庇荫

凤凰树下随笔集

恩师傅衣凌逝世十周年祭

　　10 年前的 5 月 14 日,我的恩师傅衣凌先生在厦门大学医院遽然离开了人世。此前,他拖着病残之躯主持了在深圳举行的清代区域社会经济史国际学术讨论会。许多学界名流都以能成为傅先生的私淑弟子为荣,许多学界新秀亦都以能亲自聆听傅先生的学术演说而感到骄傲。在会议的间隙,他们都争相到傅先生的房间拜访、叙谈。随行的医生反复叮嘱傅先生宜多休息,但事实上,与同道者欢聚该是多么惬意的事啊! 傅先生以平易近人、乐育后进著称。四天的大会,傅先生接待了众多的学人,言谈中他毫无倦意,可回到厦门后,他就住进了医院,再也没有康复出院。

　　其实,傅先生住院也是常有的事,当我 1985 年想报考他的硕士研究生的时候,他已因肝癌住院过多次。当年因身体状况不太好,他已决定不招研究生,但等身体略有好转后,他便又决定招我为他的硕士研究生。对此,我顿时有一种受宠若惊之感,心中亦朦胧地生起不辱师门的念头。

　　傅先生早年就读于福建协和大学经济系,20 世纪 30 年代中期留学日本,学习社会学,不久返回国内在福建省经济研究院工作。从那时起,他已逐渐形成起自己经济史与社会学研究相结合的被称为"社会经济史"的研究特色,并卓有建树。不久他转入厦门大学。50 年代,适逢国内开展中国社会性质问题的大讨论,他以自己的研究在国内史学界异军突起,成为中国社会特性与资本主义萌芽研究中颇具代表性的一派,由此奠定了他在国内史学界的崇高地位。新中国成立以来,傅先生辛勤耕耘,在中国传统社会结构、土地所有制、阶级关系、商品经济发展等方面颇有建树,其研究成果为海内外同行所深受,有人甚至不惜盗版流传。

　　在我做他的研究生的三年中,傅先生时常住院,或时常休养在家。我时常承担起护理他的任务,因而取得了更多与他接触的机会。我时常去医院陪伴他,亦时常挽着他在厦大的芙蓉湖边、映雪路上漫步。傅先生与我谈学术,论做人,讲人生,我竟全然感觉不到他存在任何的清高与傲慢。因为身体不好，他无法太多地亲临学术盛会，但反过来却多有国内外学者来拜访他，他则耐心地发表自己的学术见解，亦为学界后进指引治学路径。由此我深得教益。

　　傅先生是一个伟大的平凡人，他完完全全地把自己的一生献给了他心爱的学术事业。在他的家里，凡有墙壁处，几乎都放有他的书橱，他时常省吃俭用，购置了数万册的图书，其中有些是少有流传的珍本，特别到了晚年，他身体有病需要营养，师母又没有工作，经济显得颇为拮据，他宁愿不请保姆，少吃补品，也舍不得少买书。直到生命垂危之际，他还向我们打听最近书局店有什么新书。傅先生治学严谨，论从史出，曾被人家错误批判，蒙受屈辱，但他不随风转舵，而是信之弥坚，如今傅先生的许多观点已被海内外学人所广泛信服，他所倡导的文献史料与民间实物史料相结合以证史的方法亦得到了众多学人的一致体认。在我随傅先生读研究生的三年中，曾有幸多次被派往乡间寻访资料与史迹。其后，我已把这种做法衍为习惯，我深感这种做法可以达到突破仅由官方文献述史的局限，实现对政策和政策执行两方面的双重观照，从而更能接近历史真实的目的。

　　傅先生为人耿直，不屈权威。他曾历任厦门大学历史研究所所长，历史系主任直至厦门大学副校长，但他从不谋半点私利，在三个儿子就学、从业问题上，他不但不求照顾，反让他们到艰苦环境中去锻炼。他没有给孩子留下什么宝物或金钱遗产，几万册的图书亦已遵嘱献给了福建省图书馆。

　　作为傅先生的学生，我们为他高尚美好的人格，执着坚定的为学精神及经得起考验的辉煌学术成就感到骄傲。我们更愿以踏实的工作光大其学术事业，以告慰恩师傅衣凌先生。

　　（原刊《世界日报》1998 年 2 月 1 日第 2 版）

傅门昌大——写在傅衣凌先生一百周年诞辰

23 年前的 5 月 14 日中午,77 岁的学界硕儒傅衣凌先生因病离世了。当时我是他的硕士生。听到这消息时我并不在他身边,因为先生此前已顽强地与病魔斗争过 6 年,离世前的几天状态似乎并不特别坏,他还轻松地让我到鼓浪屿去为系里办班做些服务工作呢! 可是等我回到厦大医院时,傅先生的遗体已经被移到了太平间。

当晚我们在读的博士生、硕士生们为他守灵。我们深感傅先生在进入学术大收成的季节,过早地被癌症病魔夺去了生命,心中的悲痛和惋惜之情难以言表。我们忆起先生上课时的情景,先生给我们指导论文、修改论文的情景,先生日常简朴生活却嗜书如命的情景……大家的共识是:先生是一个纯粹的学者,一个能自辟蹊径、自成学派的学者,一个能坚持正义、宁愿挨斗却不屈服于偏见的学者,一个甘于清贫、却从不为自己的亲属谋私利的学者。鲁迅称知识分子是中国的脊梁,我们觉得傅先生堪为楷模。

受傅先生影响,我们师兄弟们聚在一起时,一般也都只论学术。就在傅先生的灵前,我们同样争先恐后地讨论起学术来。记得当时讨论的问题是:傅先生的学术风格、学术发展道路应该如何总结? 傅先生的学术思想在学界具有怎样的地位? 傅先生的影响力能维持多久? 归结到一点,我们该如何沿着傅先生开拓的道路走下去? 当我们讨论这些问题的时候,似乎是在我们宿舍的走廊上,几乎忘记了是在傅先生的灵前。至今想来,还会觉得有不恭之处,但回过头想想,这或许也算是我们与先生最后一次面对面的对话,平时在先生的课堂上不敢讲的话也都说了出来。我觉得那晚的讨论将我对先生的认识带到了一个新阶段,同时也让每个人更加独立地开启了自己的道路。

杨国桢老师原来是傅先生的学术助手与同僚,循傅先生的中国社会经济史之路,对明清土地契约文书进行了精到的研究,赢得了中外学界的一致首肯。自傅先生去世后,杨老师敏锐地觉察到,在对傅先生的学术传承之外,更应该有创新,于是从那以后至今的 20 多年里,杨老师倡导建立海洋社会经济史,树立了"站在海里看中国"的蓝色思维,无论就彰显中国经济的海洋传统,还是在建立现时代的海洋强国方面,杨老师均厥功甚伟。在杨老师的麾下一支完整的海洋人文研究团队已建立起来,并承担起国家海洋发展战略研究的重大任务。

李伯重教授是傅先生培养的第一届博士生,其关于明清江南工农业生产力的研究、关于中国早期工业化的研究均处于国际前沿水平。陈春声教授关于清代广东米价的研究、关于潮汕海洋区域史的研究、关于珠江三角洲神灵信仰等的研究亦为学界所赞赏。他与郑振满教授开辟的历史人类学田野工作方法更形成了强大的向心力,赢得了广大的支持者与景从者。陈支平教授一直致意于家族、家谱和民间文献的搜集、整理与研究,在明清闽台商业史、福建商帮史等领域堪称翘楚。曾玲教授对于福建手工业史的研究、郭润涛教授关于绍兴师爷的研究,以及本人关于明清义田、会馆的研究等均在学界拥有一席之地。

著名经济史学家吴承明先生认为,在中国社会经济史学界,已形成了一个有明确学术路径、与国际学界能相互对话且传承不辍的学派,或称"傅衣凌学派"。每念及此,我时常会涌起在傅先生灵前说出"傅门昌大"的冲动。现又值先生一百周年诞辰,谨以此文纪念。

(原刊《厦门大学报》2011 年 5 月 13 日第 2 版)

严父与智者
——贺杨国桢教授从事史学研究五十周年

我进入厦门大学历史系是 1981 年,杨国桢老师当年 41 岁,属于系里年轻教师之一。那一年的 4 月杨老师的《林则徐传》正式由人民出版社出版。数年来潜心研究的成果终于出版,且很快得到高度的赞誉,由此杨老师的心情之好是可以想见的。他愉快地接受了历史系学生学术刊物《求实》学术顾问的邀请,且时常出现在学生的学术沙龙上。我们见到杨老师的机会就会比较多。1985 年,我考为傅衣凌先生的硕士研究生,三年之中,我能在课堂上、海内外学人的讲座中、各种学术会议上乃至答辩会上聆听杨老师的精彩发言。到 1991 年,我在职成为杨老师门下的博士研究生,其后与杨老师的接触就更多了。杨老师于我,是严父,亦是智者。严父的角色令我时常克服怠惰,潜心向学;智者的角色则时常提供给我画龙点睛式的点拨,让我不时生出"仰之弥高"的感慨!

满腔热忱,潜心学术

留下深刻的第一印象是杨老师对学术抱着天然的执着,且沉醉其中。自 1977 级同学进校之后,大学校园内又出现了新的崇尚学术的风气,同学中许多人迅速地将搞革命的热情转移到了学术上,但考虑的问题仍是较为宏观和全局性的问题,譬如鸦片战争清政府的失败是什么原因所致? 中国封建专制主义制度是否是中国社会长期迟滞的根源? 农民战争对历史发展到底起了什么作用? 等等。杨国桢先生谆谆告诫学生,历史研究是直接通过阅读经鉴别过的可信史料来开展的,历史本身充满生动性和偶然性,简单的规律性总结有时离事实相距甚远。杨老师有一次针对学生提出的虎门销烟是否过火的问题,提出历史研究不可作事后诸葛亮式的惊人之语。这种立足于史料而开展历史研究的严谨学风对于初涉历史学的青年学子而言,无疑是良好的引导。

杨老师对历史人物研究的热忱还表现在对厦门大学校主陈嘉庚的研究、对福建杰出官员李光地的研究、对闽南学问大师洪朝选的研究乃至对厦门大学学生领袖罗扬才的研究上，优美的文笔和睿智的思维使杨老师的研究成果均能成为读者在同类作品中的优先选择。

杨老师自 20 世纪 60 年代初即担任傅衣凌先生的学术助手，已深得傅先生注意搜集民间资料和兼采多学科方法的奥旨，运用土地契约探究学界热议的土地所有权问题，将中国社会的土地产权做了条分缕析的阐述，线索清晰，新意突出。他在开展土地契约时还结合法权等概念对中国社会的民间法、民间法与王朝法的关系以及私法与公法等问题展开探讨，将历史学与法制史结合起来，开辟了新的研究空间。

杨老师在契约文书方面的研究成果很快引起国际学界的关注，这不仅使其名声鹊起，而且为其进一步搜集国内外的相关史料创造了条件，进一步开拓了视野，从而将学术推进了更高的高度。他的行迹到达美国、英国、日本以及香港、台湾，福建的山山水水更是屡留足迹。他所搜集的史料范围从福建延伸到江苏、山东、两湖、两广、台湾、东北甚至海外区域，对山契、永佃权、大小租等均有精到的论述。

20 世纪 80 年代末，杨老师出于对学界有关黄色文明与蓝色文明的讨论的反思，毅然决定利用自己身在海洋区域的优势，重新开辟一片新的学术天地，于是便有了近 20 年来持之以恒的海洋人文社会经济史的研究。应该说，杨老师当时已功成名就，完全可以吃老本，过安逸日子。但是杨老师却并不满足于已有的成绩，心甘情愿地去再作一次拓荒牛。杨老师的这一选择实际上将自己引向了一条艰辛的学术之路，因为海洋向来没有进入主流文化视野，海洋文化亦大多潜存于民间层次，涉海文献虽多，但多不见于图书馆，而需要通过田野搜集和查访。图书馆的官方史料中对海洋的记录往往谬误百出，难得要领。杨老师在构建自己的中国海洋社会经济史框架时可谓殚精竭虑，为伊消得人憔悴了。但总体框架一旦建立起来之后，国内外学人便普遍为之眼前一亮，迅速地认同了杨老师的建构，厦门大学自主设置的二级学科博士点"海洋史学"于 2004 年便获得了批准。杨老师有关中国海洋史的著作是其赢得学界盛赞的基本条件，它们包括《明清沿海社会与海

外移民》(1997)、《闽在海中：追寻福建海洋发展史》(1998)、《东溟水土：东南中国的海洋环境与经济开发》(2003)，点校《西海纪游草》(收入《走向世界丛书》1985)，主编《海洋与中国丛书》(8 册，1998—2000，获第十二届中国图书奖)、《海洋中国与世界丛书》(12 册，2003—2006)、《长共海涛论延平：纪念郑成功驱荷复台 340 周年学术研讨会论文集》(2003)。杨老师之"站在海里看中国"的海洋思维给长期以来构建的大陆思维樊篱吹进了一股略带咸涩的清新之风，引起了政府和学界的广泛关注，为中国走向海洋、开发海洋作了大量的舆论准备，提供了若干带有前瞻性的决策建议。虽然杨老师认识到这项工作还需要更多的人为之而努力，目前取得的成绩还远不如人意，但杨老师这种坚韧的学术节操却是值得景从的，激励了数届博士生在这一领域里潜心耕耘，终于有所收获，有所建树。当学生们拿到纳入杨老师主编的丛书中自己的著作时，无不深深感谢杨老师：学术只有坚持了拓荒和创新的方向，才能在学术史上有自己的存在空间。尽管拓荒和创新的道路崎岖，但矢志而为，却多能体会到无怨无悔、乐在其中的滋味。因此我们说，杨老师对中国海洋社会经济史的开拓不仅对中国经济史、中国史乃至全球史做出了贡献，亦为研究生培养开辟了一条有效的道路。在《海洋与中国丛书》、《海洋中国与世界丛书》问世的同时，一个经受过严格学术训练、具有广阔发展前景的中国海洋史研究阵容正在壮大、成熟。

寓爱于严，扶植后辈

杨老师指导硕士、博士已逾 23 个年头，确实已桃李满天下。过去曾经被杨老师严厉批评过的学生如今已成长为本学科领域的佼佼者，有的则进入政途、企业，彰显着历史学训练启智、显魄的魅力。

与杨老师同属龙年龄上刚好相差两轮，杨老师堪为我的父辈。于是尽管自己天资并不聪颖，却抱有一种崇拜之心进入与杨老师的交往状态。读硕士生阶段是 1985—1988 年，我时常向傅衣凌先生和杨老师汇报读书心得，杨老师总是能在第一时间给我纠偏、导正，我的硕士论文是关于福建义田的探讨，我一直对义田的概念纠缠不清，杨老师就多次给我灌输正确的思维方法，甚至教给我一些基本的逻辑知识。这其中傅先生和陈支平先生亦时常给予我指导,让我通过基本史料的搜集、分析、比较,写成了《明清福建义田初探》的学位论文,获得了叶显恩、陈孔立、林仁川等先生的好评。在硕士研究生阶段,我即有机会结识日本的森正夫、鹤见尚弘,美国的王国斌、李中清,德国的傅吾康等学者,学术视野得到了很大的拓宽,这些均与傅先生、杨老师的学术影响之大有关。

1988年7月,我研究生毕业后旋留学任教,因为与明清史研究团体仍保持着密切的学术联系,杨老师建议我报考博士研究生,以求进一步增益基础知识,为将来的学术生涯奠定基础。经过三年安顿家庭的事务之后,我顺利实现了读博的愿望。师生关系带给我更多的向杨老师请益的机会。这时杨老师刚好处于从传统的明清史向海洋史学研究的转移过程中,我选择会馆这一题目很大程度上是受到他的引导。会馆这一社会组织跨越陆地和海洋,更多地带有流动性,因而在与杨老师的讨论中时常能得到新思路和新观点的点拨,在博士论文答辩之前,我已有三篇相关论文在权威学术刊物上发表了,博士论文答辩得到了韩国磐、葛剑雄等先生的好评。我庆幸自己当时选择了读博这条路,三年的训练使我更进一步明确了为学的路径,也奠定了我走向学术的基础。

获得博士学位并不意味着杨老师与我师生关系的结束,因为我们在同一个系所工作,而且住得也较近,同时我们还时常一起谋划系所的发展和学科的发展,特别是为了海洋史学的发展壮大,我们经常作竟日谈。

杨老师曾亲自担纲,率领我们申请"历史上东南海洋环境与经济开发"的国家社会科学基金项目。杨老师曾亲自动笔为海洋史学博士点的建立做论证,为历史系一级学科博士点的申请提建议,为历史系国家重点学科专门史的建设献计策,为办好《中国社会经济史研究》出主意。在这些事务中,杨老师具有很强的战略思维,把培养和造就完整的学术梯队作为自己的使命,甘当人梯,使年轻人迅速得到成长。我曾在申请教育部"明清海疆政策与中国社会发展"课题时得到杨老师耐心细致的指导。其后我获得教育部新世纪人才称号,继续做会馆方面的研究,杨老师亦积极为我开拓思路,努力使其学术意义与现实意义得到彰显。在历史系,还有许多老师尽管没有成为杨老师的研究生,却时常得到杨老师的学术指引,有的老师做走私研究就受到杨老师的引导,有的老师做海洋灾害研究也愿意时常向杨老师请教。

　　杨老师对学生的关心除了学术上的之外,生活上的关怀也是无微不至的。杨老师能想方设法为经济困难的学生寻找勤工助学的机会,或让学生参加研究课题,获得一些补贴,为同学进行未来职业的设计。他还关心学生子女的教育、就学等问题。在这些场合,杨老师的"严"往往会转化为"慈",令学生们都感到特别的温暖。

　　我自认自己不是很堪造就的人,但杨老师却不嫌不弃,总是在我面临人生选择时给予悉心的指点,扶持我一路走到今天。如今我获得了不少荣誉,如2006年入选教育部"新世纪人才"工程,2008年被评为福建省"优秀青年社会科学专家"。我出版了一些著作,发表了一些论文。这些杨老师都起到了引路人的作用。

　　我从杨老师那获益甚多,我为一生中师从了杨老师而感到特别的幸运!

　　(原刊陈春声、陈东有主编:《杨国桢教授治史五十年纪念文集》,江西教育出版社2009年版)

一颗永远年轻的心

王日根

前些天接到陈兆璋先生的弟子陈宜淳兄的电话,说准备给导师出版一个集子,希望作为当下系主任的我能写点东西,我将这个事儿谨记在心,终于在一周后的周一上午,坐到电脑前敲起了键盘。陈先生留给我的最鲜明印象就是"一颗永远年轻的心",分开来说可以讲如下三点。

严谨负责的教学态度

我是 1981 年从江苏兴化考入厦门大学历史系的,一年级下学期,我们的课程中有一门"世界中世纪史",英文名为 Medieval History of the World,以前也有叫 Middle Ages of World History 的。任课教师是陈兆璋教授,虽然当年陈先生已经快跨入 69 岁门槛了,但听她的课,却语调高亢,观点鲜明,个性十足。

1981 年的大学,集聚了从 1977 级到 1981 级的五届在校学生,77、78、79 级学生的学习积极性特别高涨,校园里看到的学生行色匆匆,他们似乎都特别具有使命感,图书馆阅览室的楼梯上,总是在开放前挤满了渴求知识养料的学子,夜晚的教室里,总是座无虚席、鸦雀无声,学子们在尽情地吸吮着知识的琼浆。我们这些 80、81 级的小弟弟、小妹妹们似乎在不自觉中已被勤奋学习的大哥哥、大姐姐们裹挟着,融入了上课、泡图书馆、听讲座、举办论坛的大潮中,时代称呼我们为"天之骄子",我们自己也渐渐熏育出不竭的读书热情。

陈兆璋先生历经了各种运动的风浪,陈先生 33 岁时丈夫被错划为右派,37 岁丈夫因受政治和人身摧残而双目失明,以后历次运动中夫妻俩和两个孩子都饱受冲击,历经磨难。那时许多杰出人物和他们幸福的家庭,因忍受不了折磨和打击,频频发生离婚、自杀的悲剧。而陈先生以病弱之躯,坚强地撑起了这个家。陈先生的大儿子郑启平回忆说:"每天批斗父亲的大会小会一场连一场,细心的妈妈在批斗会的间隙,抽空观察了批斗会的三楼教室,回家后她特别告诫父亲:批斗会的休息时间,让站立反省'罪行'的阳台是无遮无挡的,头脑一定要保持高度的清醒……""每天父亲外出的时候,我都会和弟弟拉着父亲的手大声说着'再见',而我还会遵守妈妈的叮咛加上一句:'我们都等待你平安归来……'"正是这个平凡而又伟大的妻子、母亲,带领着全家,经受住了一场场磨难,闯过了一个个难关,迎来了改革开放的春天,把两个儿子都培养成材,夫妻二人也在老年又焕发了学术青春,在各自的研究领域取得了令人敬佩的成果。

逆境没有摧垮陈先生的青春激越,却锻炼了坚强、负责任的性格。改革开放之后,陈先生十分珍视这难得的三尺讲台,重新点燃起学术研究的激情,并将之贯穿于每一节课上。今天我翻检当年的听课笔记,依然能清晰地回放出当年的场景:陈先生既善于将每节课的知识点做精准的概括,还不时地将自己的研究成果融入其中,总能给人启发和进入学术的引导。陈先生的"世界中世纪史"共有 16 讲,分别是:日本;越南;印度;阿拉伯帝国;法兰克国家封建制度的确立;中世纪西欧的基督教;5—11 世纪的拜占庭;基辅罗斯;西欧城市的兴起和十字军东侵;11—15 世纪的法国和英国;12—15 世纪的德意志与捷克;文艺复兴;新航路的开辟;宗教改革和农民战争;西欧封建社会解体时期的英国、法国和尼德兰资产阶级革命;16、17 世纪的俄罗斯。整个课程从身边的日本不断向外拓展,涉及越南、印度、阿拉伯、欧洲,举凡幕府、文郎国、莫卧儿帝国、倭马亚王朝、墨洛温王朝、军事民主制、采邑制、查士丁尼统治、十字军东侵、英法百年战争、文艺复兴、新航路的开辟等等都是全新的知识点,它们被清晰地输入我们的脑海,并长期留在了我们的记忆里。除了"世界中世纪史"之外,陈先生还开设了"西欧封建社会经济史",选修她的课的学生总是能如数家珍地在宿舍里重述她的讲课场景,陈先生的学术锐气和精到见解能辐射到更广的范围。

锲而不舍的开新精神

我是从事明清社会经济史的学习和研究的,本科阶段三四年级主要选

117

修了中国史方面的若干专业课程,但是明清社会经济与欧洲经济有着若干的交流与互动,因此,开展中外经济比较是学界普遍认同的一条路径,我的硕士研究生导师傅衣凌先生也鼓励我多接触这方面的著作和其他研究成果,除了当年北大马克尧先生的著作之外,傅先生鼓励我多向陈兆璋先生请教。刚好陈兆璋先生与傅先生都是福州老乡,而且傅先生曾任过陈先生中学时代的老师,也正是因为这一层关系,我总喜欢将陈先生看做是我的大师姐,虽然陈先生在年龄上较我大出了很多,但在平时的学术探讨中却总是充满朝气,学术观点也总是能充满启示。2003 年,陈先生的学术论文集由厦门大学出版社出版了,我们再细细品读其论文,具有了较普通读者更多的体悟与理解。陈先生对拜占庭帝国从奴隶制向封建制过渡的论述,关于西欧封建社会初期的商业与商人的分析,对英国封建制度的完备性、不完备性的解读,等等,都发前人之所未发,显示出了开先与深邃的学术品格。

学界大家戚国淦先生与陈先生有着差不多共同的经历,也发表了差不多共同的感叹。他说,打倒"四人帮"之后,被耽误的他们尽管已生华发,却壮心不已,重拾旧业,再踏征程。此时学术界的艳阳春光已经到来,大量的西方资料引入,各种学术活动展开。陈兆璋教授以年轻的心积极参加了中国世界中世纪史研究会和中国英国史研究会。"她每次出席会议,总携来佳篇宏论,使读者为之心折。"她早年敢于对苏联专家有关拜占庭帝国从奴隶制向封建制过渡的时间在公元 4 世纪的看法提出质疑,并令人信服地提出"七世纪说",获得同行的赞赏。她细究西欧封建社会初期是否存在着商品经济,如果有,当包括哪些,商人当时的社会地位到底如何,由此写成《西欧封建社会的产生与生产力》、《中世纪西欧城市与市民的特点》、《西欧封建社会初期的商业与商人》等系列论文,系统地提出了自己的新观点,《中国历史学年鉴》均对之进行介绍,可见学界整体对陈先生探索的认可度之高。

陈先生培养了若干研究生,指导了若干硕士论文,主持过多场博士论文答辩,每个环节上,陈先生均言传身教,细致入微,于若干细节加以点拨,或使学生有柳暗花明之感,或让学生在探索中体会到为学术的趣味。

清雅尊贵的人格魅力

陈先生的一名学生感慨地说:"现在,走向社会这么多年,经历的事情多了,回过头来看,陈先生他们历经坎坷与磨难的那一辈人身上体现出平凡中的高尚,寂寞中的坚定,患难中的坚守,对光明与幸福的坚信,以及言谈之外让人感受到的人格魅力与特有气质。"正是因为陈先生清雅尊贵的人格魅力,一级又一级的学生总是将陈先生牢牢地铭记在心灵深处。

厦门大学有一个很良好的传统,校友对母校的感情总是特别的深,厦门大学不仅每年举办校庆,而且校友时常举行入学二十周年、毕业十周年、二十周年、三十周年乃至毕业五十周年等活动,我因为近年来当系主任,时常在被邀请的名单中。我印象较深的是,毕业校友都会特别多地提到陈先生,如果陈先生没能到现场,他们会专门赶到陈先生家里,进行探望。

校友聚会的一个例行环节是请任课教师致辞,陈先生每次都充满激情,发表热情洋溢的讲话,让校友们备感鼓舞。高校本身与俗世就应该有所区隔,回到母校的校友们在听了陈先生的发言后,都会感叹母校再度给予他们一份纯真的"心灵鸡汤"。

也是因为任系主任的缘故,我有了更多接触陈先生的机会,至少每年春节前我们得走访下退休老师,每次我们打电话给陈先生的时候,她都特别地高兴。我们到达她家前,她就会准备好茶点,热情地招待我们,与我们共同回忆系史,展望历史系的未来,给我们加油。

后来陈先生身体有恙,我们前去探望,她总是告诉我们,我们应该多忙工作,自己却总是将坚强的一面呈现给我们,总说自己的病是小恙,不值一提。即使是在病情很重的时候,我们见到的陈先生都还是精神饱满,银白的头发一丝不苟。

我们为有陈先生这样的好老师感到骄傲,我们也必将从陈先生的言传身教和流传下来的学术成果中不断汲取到丰富的营养,将陈先生的事业进一步推向前进。

(原刊《厦门大学报》2010 年 7 月 24 日)

追随嘉庚精神

　　32年前的8月某日傍晚,我正蹲在厨房,用稻草做燃料,为在地里劳作的父母和家人煮着稀饭,这时乡里的邮递员在一群小朋友的簇拥下来到我们家门口,我用手抹抹被烟熏黑的脸和伴随着黑灰流下的汗水,从灶膛后面走出来。邮递员笑盈盈的脸和他手上沉甸甸的信封,加上小朋友的叽叽咋咋,马上让我明白过来:原来邮递员是来为我送挂号信的,这封信里装着的是我的录取通知书。

　　我匆匆整理了灶膛,匆匆打开那封信,在众人的凝望中,我与大家共同阅读了厦门大学的录取通知书,共同阅读了入学须知,包括如何由家乡乘车到达学校。

　　虽说我的老家兴化堪称人文渊薮,历史上出过施耐庵、郑板桥,但距离东南沿海厦门空间距离逾两千里,家乡的许多人仍然不知道厦门在哪里。

　　晚饭过后,村里见过世面的几位长老聚集到我们家的小院子里,我的三伯曾经参加过解放厦门的战斗,但他因为文化水平较低,却难对厦门有个清晰的描述。我的邻居邵伯伯说他长年在外做生意,知道厦门那儿出了很多华侨,这些华侨都很有钱,他们总是穿着锃光瓦亮的皮鞋,拎着有棱有角的皮箱,头发两边分的一丝不苟。这时我们村的一位老高中毕业生来了,他认真阅读了那封挂号信里的所有内容,开始与大伙说:"厦门大学是爱国华侨陈嘉庚先生创办的,他不仅创办了厦门大学,还创办了集美的若干专科学校乃至中小学,陈嘉庚实在是个了不起的人啊,能到这样的大学读书,实在是很大的福分啊。从厦门大学历史来看,陈嘉庚的事业可以说代有传人啊,陈嘉庚先生名字中的三个字:'陈'已有了陈景润,'嘉'则有了卢嘉锡,这'庚'当为你王日根了啊!"在我们老家"根"与"庚"同音。高考结束后的一段日子我们就天天翻看很难得的、很有限的高校介绍资料,厦门大学虽然离家遥远,但隐约中便成了我心中的圣殿,因为是考分未公布时填的志愿,我虽心向往之,却不敢奢望。这时,拿到了厦门大学的录取通知书,我真被这位老

高中生点燃了奋进的火焰。

进了厦大，我努力地阅读校史、选修课程、参观校园，追问其背后的故事，利用节假日走进集美学村、归来堂和鳌园，趁调研、社会实践之机走访长汀抗战时期的厦大校址，渐渐地走进了陈嘉庚先生的内心世界，从而也深深地为之感动。陈嘉庚先生独力支撑煌煌厦大 16 年，不惜"卖大厦，维持厦大"，自己吃着地瓜稀饭，却宁愿给来自海内外的名家特别优厚的薪酬。陈嘉庚先生的弟弟陈敬贤紧随其兄，为厦门大学、集美学村的建设和发展倾尽了心力，他们二位实不愧"校主"之称。

毕业留校以后，我将研究领域集中于以陈嘉庚先生为代表的闽商，并获得学校支持，成立了闽商研究中心，因为工作之便，我与众多的闽商结成了深厚的友谊。在闽商身上，我看到了其鲜明的闽商精神，他们勤劳拼搏、克勤克俭、重教乐善、福泽桑梓，这些在陈嘉庚先生的倡导下形成的精神已衍化为闽商的集体品格。

由此，我越来越理解了举国中小学校舍均较为简陋时，福建沿海校舍的辉煌和庄严；越来越理解了举国医疗事业尚未普遍建立时，福建各地的医院均自成系统；越来越理解了举国老龄事业尚未被社会普遍重视时，福建沿海的老年人多能得到较好的赡养。反过来看，陈嘉庚先生的一人之力便在厦门和集美这片本来属于渔村的地方上培育出"弦歌之声"，这对改变当地文化品味和改良社会风气的意义有多么重大。陈嘉庚先生身处海外，经历着列强间的各种有序和无序的竞争，自强的心态、诚信的经营与不懈的拼搏成就了其伟业，也使之为家乡的勃兴乃至中华的复兴作出了自己的一份贡献。

我愿意继续追随陈嘉庚先生的足迹，光大陈嘉庚先生的精神！

（原刊《厦门大学报》2013 年 10 月 11 日"校园走笔"专栏）

与庄启明先生的一段交往

与庄启明先生的交往缘于校友之情。2006 年厦大 85 周年校庆之日，庄先生是被邀嘉宾，他表达对母系的挚爱之情的方式是设立"庄启明、王淑惠奖助学金"，这一早已被视为慈善基本方式的做法却是历史系独有的第一个以个人名义设立的奖助学金，当时我是历史研究所所长，参与了对庄先生的接待工作，有了与庄先生的初步接触，感觉到庄先生事业有成，显得伟大；却又平易近人，显得平凡。

2008 年 6 月 13 日，庄先生由菲律宾来厦，电话通知我要颁发第三届奖助学金，这时我是历史系主任，颁奖仪式由我主持，仪式简朴却颇具教育意义。一个环节是播放了有关庄先生个人成材与报效桑梓、母校的专题片，一个环节是获奖者领奖和获奖代表发表感言，其后我也不禁说了我的心里话，我深深地为庄先生的成功而感动。

庄先生属于菲华商界的成功者，他依赖的是自己勤劳的劳动人民本色、不怕吃苦的意志、勤奋钻研历史、体验社会而形成的智慧以及视员工为亲人的凝聚力。他严于律己、勤俭持家、科学办厂。凡成本的节省是靠其精心筹算、勤苦手足来实现的，绝不是偷工减料、在产品质量上打折扣。他坚持为员工办食堂不营利，培养了员工对自己的忠诚和对工厂的坚守，无形中树立了良好的形象，也为产品开辟了广阔的销路。他能运用历史智慧，亦注重不断汲取新知，古今中外的知识皆能融会贯通，运用裕如，从而多能在商场搏击中赢得主动。他坚持用儒家的理念来办厂、经商和回馈社会，实现了中国传统知识精英的人格提升。

庄先生如今将事业传承给儿孙辈，开创了在家族企业中 60 岁退休的先河。近年来他更加注重倾力于文化的传播与慈善的推广。我坚信，庄先生的义举一定能产生巨大的社会效益，庄先生的义举也一定能赢得更多有识之士的景从。

我要衷心祝福庄氏企业更壮大，庄先生身体更健康！

（原刊《厦门大学报》2009 年 6 月 9 日"校友情缘"专栏）

"愚者"创造历史——读《中正五年》有感

在世俗的工商社会,有人把拥有财富的多少看作是一个人成就大小的唯一标志,因而他们便把赚钱作为一生为之奋斗的事业,俗人常说:"只要不犯法,什么可赚钱,我就做什么。"他们所从事的各种工商活动都成了他们成就赚钱事业的手段。

但是,在现实社会中,却也总是存在着这样的一些"愚者",他们把时代和社会的需要当作自己的事业,为此,即使牺牲自己的赚钱机会,耗费自己的无限心力,也在所不惜,心界坦荡。拜读邵建寅先生亲自惠赠的大作《中正五年》——愚者一得集,我深深地理解了他于1989年5月毅然决然地搁下他已卓有所成的工商事业,出长中正的一片苦心,正如他在自序中所说:"唯有鉴于华文教育日趋式微,为后代子孙计,自当稍尽绵薄,以图挽救,乃勉为其难,挑起重担。"他怀着"析薪传火"的奉献精神,重新回到"为人师"的行列,走上中正学院院长的岗位。

是强烈的使命意识驱使邵建寅先生细致入微地思考着教育的本义,教育的目标、华文教育的必要性以及华文教育工作者应具备的条件和华文教育工作者的责任,这种对华文教育路向的推究是他开展工作的出发点和根本所在。我以为他对华文教育的定位是允当的,譬如他指出华文教育工作者的责任在于:一,为居留地培养人才,他说:"侨校应为居留地培养人才,使与当地人融洽,以少数民族的身份,奉献才智,尽心竭力,谋求第二家乡的富强康乐。"二,薪传中华文化,他对老师们说:"你们现在教的学生,就是未来侨社的负责人,华侨社会将来变成什么样,全在你们的手里。"任职后的第二年,他更提出:"我们应该栽培具有中华文化素质的菲律宾公民,菲律宾华文教育已经不是祖国教育的延伸,本土化是现今的趋势,薪传中华文化,不单是保留好的传统,而且要传授给本地人,我们应以这个立场,推展教育工作。"这种推进"融洽"的开放方针已得到了社会各界的普遍认同。

邵建寅先生以"天行健,君子当自强不息"自勉,因而能不断产生出新的建革冲动,不断呈现出新的业绩,使中正的教学一级一级地走向化境。中正学院六年来的工作主题便让人们能清晰地看出其进步的轨迹:1989—1990年,由小而大、自低而高、从近而远;1990—1991年,善用我们的潜能;1991—1992年,更高、更远、更快、更新;1992—1993年,自强不息——求创新,求突破;1993—1994年,同心同德,共创未来;1994—1995年,无我无私,牺牲奉献,为中正开拓灿烂的前程。

作为一校之长,其职责不仅在让师生在上课时间都待在教室里,而且更应该让师生都树立起明确的目标意识,变被动应付为主动进取,从而为教育学注入不竭的动力。从《中正五年》中,我深深体会到:在对待教师方面,邵建寅先生是位成功的领导者,他善于凝聚教师中的绝大多数,既注重精神感化,亦不放弃以提薪来激励教师,运用企业管理的手段来作辅助,不失为管理学校的有效方法。五年中,教师的薪俸翻了一番,有效地凝聚了教师是有目共睹的。更值得一提的是,搜集在《中正五年》中的许多篇章是邵先生在教师联谊会上的演说词,内容涉及哲学、文学、历史、社会,许多教师已表示深得教益。在教导学生方面,邵先生也堪称一位好老师,他善于因材施教、循循善诱,将人格教育与知识教育相结合,效果显著。

良好的人格本身就是最好的仪范,邵建寅先生尤其注重身体力行传统文化中的理想人格,因而赢得了"中正人"与"非中正人"的共同体认。我以为,这正是善于融汇各种文化优良成分的中华文化的魅力,也正是在功利社会被视为"愚者"却浸滋于传统优秀文化中而自谦为"愚者"的人们在推动着历史向前发展。

(原刊《世界日报》1998年1月25日)

情如锦丝润我行

孤身一人来圣地亚哥加州大学访学，来之前做准备时一筹莫展。譬如晚上到达机场，我如何到达学校？到了学校我却还没有租好房子，住在哪儿？租房子的话是住在离学校近好？还是离菜市场近好？我要如何办理银行卡？如何办理健康保险？如何开展自己的调研工作？……所有这一切，烦得我寝食难安！

可是，一个月之后，我的这些障碍全消除了，而且消除得自然，像锦丝般顺滑，我明白，这是华人社会流淌的温情滋润了我。

我的住房是圣地亚哥加州大学中国研究中心张英进夫妇在我到达一天前帮忙找定的，定金都是他们帮我垫付的。我从机场到住处是教会李秋华夫妇免费接送的，李女士在接洽此事方面，给我打过三通越洋电话。我到达住处第一个晚餐是房东吴姓夫妇免费提供的，说实话，从北京到旧金山，飞机上仅供应了一次晚饭、一次早餐，再从旧金山到圣地亚哥，没有餐点供应。到了住处，我早饥肠辘辘，吃过房东的免费晚餐，我真有些获得重生的感觉。

第二天，是房东太太驾车带我去超市购置了各种生活必需品，柴米油盐、锅碗瓢盆、洗漱之类，虽然琐细，但缺什么都不行，要是让我步行去超市，至少要一天，完成五六个来回方可。

家里安顿好之后，我得去学校报到。圣地亚哥的公车班次不多，是房东和房客们帮我了解信息，我知道了最近的乘车点、乘车时间间隔，坐上公车，我开始了了解美国社会的进程。

圣地亚哥中国学生学者联谊会提供给我若干次认识新朋友、开始新生活的指导，我的社交圈逐渐建立起来。他们不仅给新来者提供各种资讯，而且还由热心的老同学提供接送服务。

Roommates 的帮助是具体而实在的，与我同住的还有 3 个房客，他们都有车，都愿意在平时和周末捎上我去超市、去商场、去银行、去社保中心。一个正在读书的房客甚至带我去运动场运动，去海边看风景，有一天还带我去了洛杉矶呢！一个房客每周带我去中国店、越南店、洋人店，有一次还带我看了 Air Show，让我大开眼界。一个房客在我电脑两次遭病毒袭击时，均不厌其烦地将他的软件从办公室带回，给我重装。在这方面，除了热情，还应加上他们过硬的专业技术，他们均来自国内名校，如今都是这里高科技企业的高层技术骨干。

来自国内的访问学者之间的相互帮助也是无私而充满真情的，我的英文不好，是他们帮助我解答了若干手边的问题，上海外国语大学的黄霜老师、圣地亚哥加州大学的苏永选老师、常成博士等均厥功甚伟。

圣地亚哥加州大学是美国中国学的一个重镇，这里的周锡瑞教授（Joseph.W.Esherick）、毕克伟教授（Paul Pickowicz）都是大名鼎鼎的中国通，一次由周教授组织的家庭宴会让我有机会与他们开始了面对面的学术交流。张英进教授夫妇、周锡瑞教授太太叶娃、毕克伟教授太太李淮，还有来自旧金山的魏斐德教授太太梁禾既让我品味了他们拿手的中国菜点，还让我领略了美国中国学的若干未知内容。

一个电子邮件使我与《华人》杂志马主编的联系建立了起来，这为我了解圣地亚哥华人社会打开了一面新的窗口，我是来开展华人社团调研的，我应该通过深入细致的调研以把握其真实情况。我相信《华人》必将还能成为我与当地华人社会之间进行沟通的桥梁。

在房东的家里，我有机会看了中国国庆庆典仪式，还品尝到中国的月饼。在华人社会，我已得到像杨锡铭、廖结仁老师等的大力帮助。

圣地亚哥华人社会如今已约 10 万人，其中既有老一辈的华侨，又有新一代的技术移民；既有广东人、香港人、台湾人，也不乏北京人、四川人、湖南人；既有支持共产党的，也有支持国民党的。在国共关系趋于和悦之时，我们应给华人社会的凝聚与化解歧见创造更加有利的条件，因此我对中国人在海外弘扬中华情充满信心。

情如锦丝润我行。海外中华儿女的彼此互助必将为人类创造更美好的未来。

（原刊美国圣地亚哥《华人》2009 年第 9 期）

Outlet 购物之旅

　　张英进教授和夫人小苏都是热心人,他们处处为我这个单身来美国的游子考虑,譬如中国的中秋节、美国的感恩节、圣诞节、元旦等都会考虑安排活动,排解我的寂寞之苦。我对他们的感谢是油然生于内心的。元旦第二天,他们又用车载我去了美墨边境的 Chelsea Premium Outlet,这是南加州最大的 outlet,集中了世界名牌店 60 余家。出发前我上网做了些功课,也打电话与夫人进行了沟通。知道这里汇聚了服装、化妆品、箱包、鞋子等著名品牌。如 Polo Ralph Lauren、Adidas、Puma、Guess、Bebe、Gap、Converse、Hilfiger、Reebok、Bass、Coach、Tommy、Fossil、Swarovski、Nine west、Banana Republic、Levi's 等等。我准备分清主次、详略有致地完成这次旅程。

　　首先,我们去了 Levi's,这是一家以牛仔裤闻名的商店。进去后我确定的第一个目标是给已成年的女儿买一条牛仔裤,张教授夫妇迅速帮我相中了一条,我毫不犹豫地买下了。这算是开了一个好头。接下去我在 Gap 买了一件 T Shirt,在 Polo 买了一件衬衫,在 Tommy Hilfiger 买了孩子的两件 T Shirt,还在 Coach 给老婆买了一个包。由于这里每个店都很大,商品种类都很多,喜欢的东西都很多,特别是看了款式、价格,与国内商场的一比较,都觉得合算,但考虑到回去时箱子的承载量有限,只好优中选优,挑最精华的买了。这个 outlet 经营得很好,我们刚好也赶上圣诞节后的优惠甩卖,所以顾客特多,每买一件东西,都要排很长的队,好在大家还较有秩序,整个购物环境非常舒坦。营业员在问过"Have any question for help?"之后,如果你需要帮助时,他会耐心解答;如果你不需要帮助时,他会立即走开,让你没有紧张感。回想在国内的商场,我们的营业员往往热情过度,让人想远离都没有办法。Coach 的包目前是时髦品,在我们排队结账时,营业员还给我们分发 20％折扣的优惠券,让每个消费者更添了一份惊喜。

　　张英进教授只为自己买了一双皮鞋,小苏老师则什么都没有买。从中午 12 点 40 分到下午 4 点，我们几乎是马不停蹄，几乎逛遍了我们所心仪的名品店。或许是因为我初次逛这些店，加上不断有新收获，兴致还甚高，他们俩则深感腿脚酸痛了。特别是我排队结账的时候，他们均停留在队伍的不远处，有些百无聊赖。他们这次行程实际上是为我安排的，我又在心里不断涌动着感激之情。最后我说想买一双凉鞋，走了许多店，只在一家店看到一些，但都号码太大，只好作罢。张教授告诉我，这里的人较少穿凉鞋，或许这也算加州文化的一个方面吧。

走出 outlet，我们很容易就看到不远处是高高的连绵的铁丝网，这里是美墨两国的边境线，对面大片的聚落是墨西哥的小镇特华纳，据说这个小镇贫富悬殊大，其中有许多富者是靠走私贩毒致富的。这里黑社会活动猖獗，社会治安颇不尽如人意，公路边小商店的大门和玻璃窗上都装了铁栅栏，这就是显著的标志。张教授说，美国大多居民区都治安良好，许多社区甚至夜不闭户。而这里不仅是偷渡者试图进入美国的通道，而且时常有黑社会不同势力之间的火拼，所以需要特别小心。

我看着对面房顶上大大的墨西哥国旗，心里想着圣地亚哥劳务市场上大量的墨西哥劳工。他们虽然与美国只有一线之隔，生活水平、社会地位却大相径庭。国境对人有时确能产生巨大的影响。从书上的资料看，加州是因为 1846—1848 年的美墨战争才被划归美国的。特华纳的墨西哥人有许多人在美国有亲戚，也有些被归为美国的墨西哥裔人选择住在墨西哥的特华纳，据说那儿的房价便宜很多。

总结这次 outlet 购物之旅，我既享受了购物的快乐，还目睹了眼前的墨西哥，对国境的意义产生了新认识。

我要谢谢张英进夫妇！

（原刊《厦门大学报》2010 年 7 月 24 日第 4 版"海外生活"专栏）

情满中央岛

多伦多市因濒临浩大、明净的安大略湖而平添了无穷的韵趣，点缀在安大略湖上的中央岛、汉兰岛和瓦得岛则又宛若舒展的玉带铺在多伦多人的面前。每逢夏季，到三岛上聚会、野炊、游乐、垂钓几乎成了多伦多人的必修课。有人说，多伦多人特能享受生活，这不能不说是优美的环境所赐。

中国驻多伦多总领事馆教育组的领事们没有忘记为在这里紧张而辛勤工作的访问学者们提供这样一个"享受生活"的机会。7月20日，包括多伦多和周围地区的100多位访问学者汇聚到上岛的渡口边。他们出国前来自全国各地，出国后又多在不同学校和科研机构，所从事的职业各异，专业领域亦多不相同，年龄跨度也颇大，可以说形成了中国知识分子的一个缩微小区。有的访问学者带来了来此探亲的家眷，更增加了联谊活动所不可缺少的童趣。访问学者联谊会的组织者们把大家分成四个小组，把他们预先配制好的各种生熟食品和各种烧烤用具分配到各组，指定了各小组的小组长。从此，中央岛的聚会联谊活动便宣告正式开始。

坐轮渡上岛后，我们径直往先安排好的目的地进发，虽烈日炎炎，但一路上却充满欢声笑语。不相识的互通姓名后马上便成了朋友，已相识的则相互寒暄询问着各自的生活和学习。每个人手里都提着沉甸甸的辎重，汗水涔涔，却没一人叫累。大家似乎是憋足了劲要来这里为大家，也是为自己效劳的。高挑的姚虹把小组的旗举得高高的，大家唤她为"姚导"，壮实的王铁军扛着罐装水，自然被称为"铁人"了。细心的人们则会给他们送上勉励与体贴的话语，让他们心里体会着亲情的温暖。

目的地位于中央岛偏西南的大片草坪中间，婆娑的大树遮起了一片清凉，大树底下的桌凳一应俱全，连烧烤用的炉架也已现成。由于聚会的机会不多，组织者们为此次聚会安排了丰富的活动内容。多伦多总领事馆的孙淑贤总领事带领其部属多员出席了此次聚会，他们带给大家的是政府和祖国人民的亲切关怀。孙总领事的发言热情洋溢，殷殷之情溢于言表。

烧烤活动是分小组进行的，每组一个炉子，但实际上却有好用与不好用之分，又加上各自点火水平有异。结果有的点火者长久地陷于浓烟之中，汗水与泪水布满脸颊；有的烧烤者则把一块肉烧烤半天仍需体会生肉的味道。好在有各小组间的相互走窜，相互帮助，小小的挫折马上就化为乌有。也有的人跨越小组，品尝别组的风味，或者干脆来个组与组间的人员互换。烧烤既是为了填饱肚子，更达到了人与人之间的情感交流与彼此相识。显然，烧烤中涌现的高手如缪建东、昌亚荣等获得了人们的尊重，或许下次他们就会被人们尊以"师傅"侍奉了。

接下来的文娱节目由四位主持人徐莉娜、汝继来、马建华和李建瑞共同策划、串连。节目有小组唱、舞蹈、秧歌、小品、武术和京剧清唱以及诗歌朗诵等，可谓品类齐全。表演者或事先做了精心的准备，或临场即兴表演。内容既表达了浓浓的爱国思乡之情，又不失活泼、生动、轻松、诙谐，已享誉访问学者圈的李建瑞带来的小品把整个表演推向高潮。组织者还兼顾到表演的群众性，如跳大绳、抛水球、绑腿赛跑、找朋友等都既能调动大家的情绪，又充满娱乐性。有的节目以家庭为单位，有的节目则要求男女的组合。大家都是那么地投入，像王景韵小朋友的扭秧歌被认为达到了专业水准，小朋友苟志博的诗歌朗诵则展示了新一代的风采。冀春涛的京剧清唱引起了全场的同声附合，刘鹰的拳术表演也激发了台下会武术者的表演欲。刘俊华领事则代表领导们以小笑话的轻松形式切入了冀望访问学者融入主流社会的严肃话题。

显然在有些集体娱乐项目中必然有耍小聪明的、走捷径的、出洋相的。无论如何，情感的表露是情感交流的先导，这些充满情趣的娱乐活动成了相互交流的催化剂。

文娱节目结束后，进入自由活动阶段。这时有新老访问学者之间的殷殷惜别，有不同单位访问学者间的相互邀约，有不同圈子间的集体合影，还有争先恐后的场地清理。

当人们普遍注意到时间的时候，太阳早已西沉。有的人因为路途遥远需要提前离去,有的人则邀约三五人、六七人流连于河滩、草坪或断桥间。望着喷水池边嬉戏的儿童,望着林荫道、树丛中一对对卿卿我我的情侣,望着晚霞中宁静的小村落,以及河对岸高高耸立的多伦多塔,我们不禁为中央岛上那亲情、友情、恋情的实现而感动。

（原刊《神州学人》2002 年第 497 期）

啜茗索馨

凤凰树下随笔集

"明道"与"救世"

明清两代之交,学界一股新的"实学"思潮勃然涌起,重镇频立,顾炎武堪称其中杰出的一员,他明确地树立起"明道"与"救世"两面大旗,认为"明道"是"体","救世"是"用",非"明道"则无以"救世",而"明道"亦服务于"救世"。可以说,这既表示了该学派学术之旨归,亦体现了中国学术优良传统——经世致用风气的重振与光大,其对历史产生的巨大推动作用是不可低估的。

转眼关注时下,我们看到无论是学术圈内的"职业读书人",抑或学术圈外的"业余读书人",都似乎深深地为各自的"救世"意念所驱动,或忙于著书、编书、买书与藏书,或忙于读书、评书、导读与被导读,文化气息可真谓浓烈矣!

然而,服务于某些具体"救世"目的的功利性的著书与读书固然可能收不到"救世"的效果,即使是有些号称是张扬"人文精神"的所谓有品位的著述也并非都能"救世"。且不说那些为满足"时尚"而装帧精美的层出不穷的"丛书",即使是有些已经学术圈内同行们"炒热"的"专家之著"也可能只不过是南郭先生吹竽。无怪乎人们要大声疾呼学界亟须建立规范,以防假冒伪劣。

有鉴于此,对著者而言,"明道"当是天职,如果说教师不惩治会误人子弟,那么著者不惩治则会误人之祖、父、子弟之子弟。我们必须奉劝著书者们树立起学者之良知,在读书的基础上"明道",在"明道"前提下再著书,只有这样,尊著才堪称"有用",也才能堪"救世"之大任。对读者而言,"明道"亦当是第一要义,时有不明学术背景的读者读了张书信张书,读了李书信了李书,结果无所适从,失去了自己的主见,如此读书反不如不读书。显然,在现实情况下,并非读书多多益善,多读书不一定"明道"多。作为一个合格的读者,具备独立思考、分析鉴别能力显得不可或缺。事实上,不同读者即使读同样的著作,"明道"的程度也大不相同。

　　"救世"可能是每个有血性的人都具有的精神状态与行为指向,而"明道"却不仅要有血性,而且还需要假以丰富的实践与广泛的阅读及对实践和书本的分析、消化乃至创造。为了有效地"救世",我们更应大力引导人们去"明道"。愿我们的职称职务评定更多地向矢志"明道"者倾斜,愿我们的社会尽早建立起激励人们去"明道"的机制。

　　(原刊《厦门日报》1996 年 12 月 29 日)

呼唤专家之学

作为清代浙东学派代表人物之一的万斯同认为，没有从事过专门研究的人，要想写出有价值的著作是根本不可能的。他说："自唐以后，设馆修史，集众人成书，而所成之书利少弊多，关键就在于这些人大多均无专门之学。"他还打比方说，学问"譬如入人之室，始而知其堂寝内室，继而知其蓄产礼俗，久之，其男女少长，性质刚柔，轻重贤愚，无不习察，然后可治其家之事。若官修之史，仓卒而成于众人，不暇择其材之宜与事之习，是扰招市之人而与谋室中之事也"。万斯同所强调的是著述之人必须接受过较为专门的训练，如有较坚实的专业基础知识、较强的分析问题和解决问题的能力、较娴熟的连守专业研究规范的能力等等。

文章千古事，我国历代知识分子著书立说，是有优良传统的。20世纪初，大思想家梁启超推荐陈寅恪为清华国学研究院导师，清华校长听说陈既不是博士，又没有著作，觉得不好办，梁公忿然说："我梁某也没有博士学位，著作算是等身了，但总共还不如陈先生寥寥数百字有价值。"梁公之辞，固然有自谦的成分，却也表明作为一个专家对于文章的谨严态度，可惜的是，梁公遗风在今日学界鲜见矣。

顷翻《书摘》，读到署名冀一民的《〈"老"、"实"、"忠"、"厚"的河北人〉写了些什么？》一文，不禁深表认同。作者说："现在有一种浮躁之气也浸入到学术界，一些作者既没有扎实的学术功底，对一个地域的历史人文和现实状况缺乏基本的了解，又不肯完整地深入地审视所研究的对象，仅凭几本参考资料甚至道听途说，就敢出大题目，作大文章，无实事求是之意，有哗众取宠之心。"应该说，这确是概括了近几年学界的一种不良倾向。

走进书店，我们常常看到一套又一套装帧精美的"丛书"赫然整齐地排列在书架上，单看书名，我们多会产生是书定能解开我们思考已久之谜团，或定能满足我们某方面知识之欠缺的解渴企求，于是解开羞涩之囊一行慷慨。可拿到舍下，细细品读，且不说印刷、装订等方面的谬误，就说书的内容,读后经常不免有"帽大头小"、"骨架大血肉少"之遗憾。有的新书甚至让人觉得或某些地方似曾相识,或章节、段落互不连贯,或内文不对标题等等,读书求知的"与伟人对话"式的享乐一下变成了纠讹改错的订正式的苦差。从智者那儿得知,如今书市,炒旧翻新、重复出版、三教九流竟相挤入著作者行列之风已司空见惯。

在各行各业纷纷建立起职业行业规范之时,学界建立规范的呼声也日趋强烈。日益正规化的学术批评将逐渐地把假学术挤出学坛,但我们不应以为可以毕其功于一役。在现实中,针锋相对的不计个人恩怨的学术批评风气尚未养成,专家之学与非专家之学的区分也不像工农业产品那样可以客观地检验。另外,我们的出版部门还较热衷于以"上规模、上效益"的模式经管着出版事业,我们的著作评奖也还较注重那些大部头的"重头"之作。其实,这些所谓"重头"之作,其"效益"多半体现在经济方面,而那些所谓"名家"的"著作等身",其价值恐怕也比不上真正专家的寥寥数百字。

（原刊《厦门日报》1997 年 1 月 5 日第 3 版）

谈中华文化的多层次性

中华文化典籍浩如烟海，在《诗》、《书》、《周礼》、《仪礼》、《礼记》、《易》、《公羊传》、《谷梁传》、《左传》、《论语》、《孟子》、《尔雅》、《孝经》"十三经"的基础上，历代学者又不断为这些经作注。对"经"所作的注叫传，对传所作的注叫疏，另外还有像章句、集解、笺、释等都是众经的衍生物，形成"经学"的泱泱大国风范。在思想领域，儒家虽堪称一尊，但佛、道亦不失存在的地盘。在中国文学史上，自《诗经》开始，到先秦散文、汉赋、魏晋骈文、传奇，到唐诗、宋词、元曲、明清小说，成为中华文化又一支巨流，历代的文学批评家们对这些作品的考释又不断充实着这一支文化巨流的内涵。有人统计，仅《红楼梦》研究成果的字数已超过《红楼梦》原著的 250 倍。在中国史学史上，像司马迁、班固、陈寿、范晔等撰成的二十五史大体汇集了历代王朝的文治武功与广大人民的辉煌建树。其他像中华文化中的书法、绘画，以实物形态呈现出来的建筑，以生活习俗呈现出来的人生礼仪、四季节庆都内涵丰富。

说中华文化博大精深确实一点都不过分。有人或把她分为精英文化、庶民文化；有的把她分为高雅文化、通俗文化。我想，人们对中华文化的认识存在着层次的不同是确定无疑的。

在以"修身、齐家、治国、平天下"的志士仁人那里，传统典籍文化是他们研习的对象。他们致力于推进"天下大同"的神圣事业，以"为天地立心，为生民立命，为往世继绝学，为万世开太平"的情怀，不断肩承着继往开来的历史大任，像杜甫"安得广厦千万间，大庇天下寒士俱欢颜"；像范仲淹"先天下之忧而忧，后天下之乐而乐"；像林则徐"苟利国家生死以，岂因祸福避趋之"。壮怀激烈，前赴后继，置个人安危于度外，构成为中华文化中范型人物的长廊，他们以无穷的榜样力量，激励着后来人不断高擎起光大中华文化的旗帜。

中国传统社会曾在很长的一个历史时期把对传统儒家经典的研习作为

选拔人才的重要尺度，因而在学校里，在社会上，都有无数的生民陶育在儒家浓郁的氛围中，他们注重人生立品的重要性，多强调"士先器识而后文章"，先德而后艺；他们亦多注重建立起和谐的社会人伦秩序，事亲、敬长、尊老、爱幼，己所不欲，勿施于人；他们还抱有"近朱者赤，近墨者黑"的积极向上精神，"敬贤而思齐"，"尊贤人而远佞臣"，为了给子女创造良好的成长环境，不惜三迁、断梭；他们也多以"克己奉公"的精神自觉抵御着各种不良风气的侵袭。从整个中华文明史上看，他们是社会财富的主要创造者，是社会进步的主要推动力量。

在历史发展的长河中，确实存在着优胜劣汰的发展规律，有的人不信《礼》《易》《诗》《书》，却把《水浒》、《三国》、《金瓶梅》、《西游记》看作是中华文化的集中体现，人们常常称颂关公的忠，诋毁曹操的奸，诅咒西门庆的淫佚，赞扬孙悟空的勇武……其实，考察一下明清小说的创作者们的身世，我们便不难明白，他们多为科举落第者，是一群想有所为却又被堵了进取之路的文人，他们谙熟社会上的黑暗面，多怀满腹牢骚，因而在小说中多用反讽笔调，与中称颂关羽，却也凸显了关羽的专横（看不起黄忠，有时身在沙场，却想着与同僚比武以决高低；看不起陆逊，以致失了荆州），虚夸（刮骨疗毒时故意下下棋来显示其豪气，从身体本身看，显然得不偿失）。书中称颂李逵，却也凸显了李逵的凶残（杀死无辜小孩，一块一块地割下黄文炳的肉在火上炙熟吞食）。书中称颂刘备，却也凸显其无能担其大任（每每出兵，总是大败而归，不仅如此，每次败后还埋怨"天不佑我"，号啕大哭，束手无策，与曹操败后从敌阵中突出后还豪放地大笑，并检讨对方的失误形成鲜明对照）。总而言之，效法英雄时常并不能使自己臻于完美的境界，反而贻害自己，故有人说，中华文化中蕴含着浓重的"水浒气"、"三国气"，倘把这些理解为就是中华文化的全部，并加以发扬光大，势必会产生巨大的负面影响，时下许多青年人经常正是由此而认识中华传统文化，因而或误入歧途，或矢志抵拒，在他们的心目中，如此糟糕的中华文化徒然滋长帮派意识，徒然滋长破坏精神，于社会的发展进步无补。

我们以为，对中华文化的认识不能仅停留在片段的理解上。明清小说实质上多为研习了传统文化经典的人们在人生理想破灭后对现实世俗恶风陋习的鞭挞与揭露，有时也憧憬着理想社会状态的到来。倘若我们把它们所披露的传统文化中的不健康因素就看作是传统文化本身,便不免舍本逐末,无法求得对中华文化真谛的认识。我们应在全社会大力倡导研习中华传统典籍文化的风气,通过析薪传火,使中华文化的优良部分不断得以发扬光大。

(原刊《世界日报》1998 年 2 月 1 日、2 日)

中华文化建设的咏者、歌者、和者

如果说中华文化的主体是儒家文化，那么应该说儒家文化不是一成不变的。如果说孔子是咏者的话，那么因为歌之者、和之者不断，故儒学蔚成中华文化的泱泱大国。

长期以来，人们多把第一部正史《史记》的著者司马迁看作是反对正统思想的先锋，是因为他不仅为不登大雅的巨商小贾立《货殖列传》，而且还为游侠、方技者立法，使他们与帝王将相一起进入正史典册。其实，距离孔子所生活的春秋时代并不甚辽远的司马迁却是怀着无限景从的心情为孔子立传的。孔子一生立志从政，确实设计了一套"修身、齐家、治国、平天下"的自我发展方案。他周游列国，却处处碰壁，直至暮年，在仕途几绝的情况下才退而研习学问，开了私学，广招门徒，从而享有了三千弟子、七十二贤人的美誉。他追求人生的"三不朽"：即立德、立功、立言，他希望以立德成就立功，但是仕途多舛，只得退而求其次以"立言"，他曾说过"学而优则仕"，不仅强调了学问对仕的重要意义，而且更注重学得轻松的人才堪为仕，"优"者，悠也。孔子特别强调以理想的人格化育世人，使世人皆树立良好的道德和积极进取精神。孔子"知其不可为而为之"的献身事业的人品铸就了堪为主流的中华民族生生不息的灵魂。在这一点上，司马迁实是孔子的真正传人。他自己也曾说："自周公五百年而有孔子，自孔子五百年而于兹也。"与司马迁相对，长期以来人们认为班固是儒家学说的坚定信奉者，其实，他指责司马迁，却没有击中司马迁思想的真正意蕴。班固、司马迁在尊奉儒家学说上只是表现形式的差异，司马迁显得"圆而神"，班固显得"方以智"而已。不幸的是，后世正史家多奉班固为正史开山，而鄙视司马迁的融通做法，使得历史发展中因袭思想经常压倒革新精神。

西汉时期，董仲舒把儒家学说变成了统治阶级的指导思想，这时的儒家思想实乃集先秦诸子学说之天成，即班固所说的，诸子已"殊途而同归，百虑而一致"。因此，董仲舒虽号称"废黜百家"，实际上是兼容百家为一家。应该说，儒家学说被引入政治之后，儒家人伦规范转变为政治伦理，其中平添了较强的政治功利色彩，王莽不分学术与政治，一味想在现实中复制孔子对西周的理想化描述景象，结果"新政"遂告败绩。

魏晋南北朝时期，儒学曾经历了与佛、道的大融合，一方面儒家学说成为了统治者生存的必备依据，另一方面也变得更具融通性，不同阶层的人们对儒家学说有不同的体认，儒家思想对不同阶层的人们也树立了不同的生活准则。这构成了中华文化多层次性的基础。士农工商各有所适，但这四民的分别又并非一成不变，而是时在变动之中，其后科举制度的推行更为这种变动确定了制度条件。人们或高从，或低就，从而奠定了社会上曾不断被注入新血液的基础。

南宋时期，朱熹对儒家思想作了进一步的改造，他力图通过思想上的更多钳制来抑制经济多元化可能带来的社会问题。这给世俗的人们带来诸多生活的不便，却也有许多人尊奉得得心应手，宋代以后出现了许多努力践行儒家学说的实干家，不过走向了极端之后，一些人变成了不食人间烟火的圣人，如海瑞、戚继光等。另一些人则变成阳奉阴违，心口不一的伪道学。尽管伪道学甚嚣尘上，但真儒学却以坚挺的脊梁竭力支撑着历史大厦经风历雨。

显然，在历史发展中，起关键作用的是人，一种理论咏者倡始之后，歌者、和者或发展了原来的理论，或把原来的理论引入歧途。我们不应因理论发展中有了支流，就否认理论本身。在实践中不断检验理论，发展理论，不断推陈出新，当是对待理论的正确方法。故步自封、僵守教条是要不得的，目空一切、唯我独尊也是不可取的。

（原刊《世界日报》1998 年 2 月 13 日）

文化优劣与民族平等

前些日读报，知道侨中学院举办了中国文化会是否优于西方的辩论赛，郭金鼓先生最后在总结发言中调和了双方，支出中西方文化各有优劣。我想辩论中西文化优劣的主要目的当在于培养口才，增进其对中西文化各自的认识。作为辩论的正反方实际上事先也知悉中西方文化各有优劣，因为在确定正反方之前，他们就得事先准备。我以为值得进一步思考的是以什么标准衡量文化优劣，是以经济发展程度衡量文化优劣吗？就目前而言，美国经济发展最快。但事实上，同样的文化可能在几十年内经历经济的大起大落，就以东南亚金融危机前后而言，并不是文化因素发生了根本的变化。这表明文化不是经济是否发展的唯一因素，再从历史角度看，"江山代有人才出，各领风骚数百年"，中国曾有过辉煌的过去，而西方则有了一个耀眼的当代。有人说，21世纪又是东方文化的时代，这表明同样的文化在不同时代也可能发挥不同的作用。

应该承认：各个民族各有自己的民族文化，即各有自己的根，不断更新、完善，发展自己文化是这个民族保持不败的关键。对外开放引进别民族文化中的优秀方面是重要途径。但舍我求他、邯郸学步，只能泯灭自己，落得一个悲惨的结局。由此，我认同孔子的"吾日三省吾身"，不断地检讨自己的文化，认清自身文化的发展走向，并求得"日新，又日新，日日新"；我亦认同孔子的"三人行，则必有我师"，"见贤思齐"，我相信，一个保持开放心胸的民族将是不败的民族。

我们认为，我们似乎不应仅以经济的发展程度作为衡量文化优劣的标准，正像在现实社会中并非真正有才学的人就能挣大钱一样。关键在于一个民族也得树立自己民族的自信心。民族平等的旗帜之所以被高扬，其意义当亦在于此。

（原刊《世界日报》1998年2月16日）

民族性的延存与泯灭琐议

一个人有一个人的个性,一个民族也有一个民族的个性。在中国社会,个人的个性经常消融于如宗亲会、同乡会、村或乡等团体中,而作为中华民族的个性却能深深地镶嵌在每个炎黄子孙的血脉中。从纵向而言,中国历史上经历了无数次的少数民族入侵,也经历了像佛教、天主教与伊斯兰教的传入中国,但结果不是中国文化被印度化、西化或西亚化,而是佛教、天主教与伊斯兰教的中国化。即使是身在海外的中国人,哪怕是表面上泯灭自己的民族身份,但内心深处总不断地涌动着我是一个中国人的心理情结。有人说,对于中国人而言,无论他是朝廷命官,还是山村野夫;无论他满腹经纶,抑或目不识丁,只要他陶育于中华文化的社会氛围中,他就将是一个中华传统文化的积极践行者,有时甚至是自己也不觉得的。就像鲁迅笔下的阿Q形象一样,阿Q身上有缺点,但这种缺点往往不是他本人的缺点,而是体现在你、我、他身上的整个民族的一部分特征。我们理性地思考中华民族的文化,毋庸讳言,这其中存在着无限的糟粕,但不经精择地一概毁弃,不但收不到去除糟粕的效果,反而会像未到断乳年月而断乳的婴儿,变得无所依托。

回顾中国历史,欲毁弃传统文化的行动已遭受了一次又一次的失败。我们时常自豪地宣称,早在春秋战国时代,就出现了"百家争鸣"的文化繁荣局面。其实,这种"争鸣"是"同源而异趋"的争论,是"异途而同归"辨识,争论的各方并不仅仅在标新立异,哗众取宠,而是广拓思路,相互补充。各家学说都臻于独到之领域,但又免不了互有偏颇。如儒家的繁文缛节颇为士大夫阶层所津津乐道,而对无产或少产劳动者而言,就觉得过于烦琐,墨学家说正是代表劳动者阶层的学者对儒家学说的反动,这种反动对儒学起到了补偏救弊的作用。经过孟子、荀子等儒学传人的薪传,儒学实已采取了兼收并蓄的政策,纳百川而归于一海。到西汉时,董仲舒打出"罢黜百家,独尊儒术"的旗帜,实际上不宜看成是对其他家学说的毁弃,而是对包括儒家学

145

说在内的诸子学说的融会贯通。人们说，秦亡汉兴的奥秘可以从对待文化的不同态度上显示出端倪来。

20 世纪 60—70 年代，在中国大陆发生了长达十年堪称浩劫的"文化大革命"，其矛头就是直指维系我们民族发展已五千年之久的中华传统文化，温、良、恭、谨、让、仁、义、礼、智、信全被作为"四旧"给批倒搞臭，真可谓"黄钟毁弃，瓦釜齐鸣"。结果父子夫妻反目成仇，势若水火，人情冷漠，互成壁垒。"文革"中形成的后遗症如好斗、奸诈、自私等仍深深地残存在某些人身上，以致既危害了社会和国家利益，亦制约了自我发展。如今，中国政府在对待传统文化方面已逐渐确立了正确的方针政策，因而社会的和谐安定局面已逐渐得以建成。

我们认为，中华传统文化美德大体可用勤、敏、礼、俭四字来概括，其之所以能源涓而流长，得益于其有一套网络式的载体，宗亲会、同乡会是一类，各类佛、道等民间信仰又是一类。中国人作为社会人都依附于大大小小的团体，因而也受到这些团体及其信仰的潜移默化的影响。中国人的社团众多，中国人的信仰亦多元。但无论是社团，还是信仰，几乎都是以弘扬中华传统文化，树立传统美德完型人物而取得立足之地，众神的脸谱虽各异，其内在之精神却有着深层的共同性，这也正是炎黄子孙各级社团既能保持"小我"，又有可能组合为"大我"的奥秘。

显然，延存民族性是许多社团存在的宗旨，但事实上，泯灭民族性也往往会在某些人经意或不经意中变成无可逃脱的现实，就像一个教父自己不遵守教规，或阳奉阴违地对待教规，而把整个社区的传教事业引入歧途一样。

（原刊《世界日报》1998 年 4 月 13 日;《联谊通讯》第 56 期）

慎言"文化"

在缤纷的世界上，"文化"的概念被赋予了缤纷的理解。有人说非自然的东西都是文化，它曾经被用来衡量社会进化的程度。也有人说，"文化"包含科技文化和社会文化或人文文化，西方文化和中国文化的区别就在于前者重科技后者重人文。其实以世界史的眼光看这些论断，许多论断都只有相对真理的意义。我们说非自然的东西是文化，实际上保护自然本身也是文化，现代旅游业很大程度上正是赖于被保护完好的自然而发展起来的。我们说西方文化重科技，中国文化重人文，实际上就西方言是割断了文艺复兴以前的历史，对中国言则是无视中国科技辉煌的过去。由此可见，在言"文化"问题上保持审慎是完全必要的。

如今，有不少人坚信中国文化与西方文化是两种截然不同的文化系统，中国文化强调"情"、"理"，西方文化强调"法"，似乎彼此对立，毫无融通的余地。验诸史实，中国文化中包容了无穷的践踏"情"、"理"的现象，西方文化中亦不乏注重"人情"的事例。有人以自身代表中国文化，到了国外便声称经受了与外国文化的冲突或融合。其实，从共时性来看，中国文化就存在多层次性，从历时性来看，中国文化又经历了数度改造，从咏者到歌者，到和者，许多观点已大相径庭。就以一个人而言，在他身上所体现出的中国文化的片断也可能不是始终一贯的，他可能有时表现出君子的一面，有时表现出小人的一面。

有人说："21世纪是中华文化的世纪"，或许是乐观地认定中华文化中包含有注重人文、强调天人合一的思想。且不说西方文化中是否也曾有过类似的思想，就算只有中华文化中有，但是否就一定会得到弘扬仍有疑问，因为中华文化中也有与上述思想相对抗的思想，到底谁会占上风还得待以时日。如果中华文化中这些思想被西方文化学去了，那么掌握这个强大武器的就不再仅是中国人，而可能也有西方人了。我们曾多次听过有关中国文化和西方文化比较的讲座，诸如中国文化中注重亲情，讲究孝悌，强调家庭稳定,而西方文化中则我行我素,自由散漫,人情冷漠,家庭破碎。但一旦验诸事实,我们时常会尴尬地发现许多方面实际上已发生了张冠李戴的现象,这实在是由于有关"文化优劣"的考量所酿就。

我们想说的是,既然同为人类,势必有许多共同的文化追求。首先,简单地把东西方文化对立起来是要不得的。我们承认文化的差异正像承认同一父母生下的不同兄弟姐妹各有其性格一样,但是片面强调不同与文化本身发展的规律就是相违背的,"求同存异"尤其适用于彼此的交往与共处当中,而个性当是不可泯灭的,因为它是个体存在的根底。有了坚固根底的个体当更豁达,更能包容。其次,任何一种能够主导时势的文化势必是多元文化交汇生成的新文化。假如 21 世纪主宰世界的文化中包含注重人文、强调天人合一的思想,那么这种文化也决不仅仅只是中国文化而已。也许能够巧妙掌握这种文化的人中有较多的既对中国文化有深厚领会又能因应多元文化交融形势的中国人,但绝不可能是全体黄皮肤、黑头发的中国人,这将是确定无疑的。

（原刊《世界日报》1998 年 7 月 14 日）

常想"文化"

对于文化，我尤其欣赏"只有民族的，才是世界的"这句话，因为我们至少可以对之作如下三层理解。

首先，人类社会的文化是各有其载体的，文化是特定的人群在特定的时空背景下创造的，因而文化各有其个性。仅从中国历史上看，单单以"民族"这样近代的概念似乎仍无法区分远古文化千姿百态的个性。正向远古的国实际上只是一小群人的生活领地，后来国的含义才越来越扩大。直至今天，我们仍可把中华文化作民族的和区域的两种划分。从民族区分看，中国至今还包含了56个民族各具特色的文化；从区域区分来看，我们也难以抹去燕赵、齐鲁、三晋、两淮、巴蜀、关中、吴越、闽粤等区域文化的分野，甚至仅以闽南文化而论，又可细分为泉州文化、漳州文化。显然，文化的个性是无处不在的。

其次，文化的交流与融合是文化发展进步的必由之路。充满血腥与残暴、时有尖锐对立与冲突的战争时代的文化灭绝和文化同化经常并不能收效，而人们却日渐推崇起强调平等与互惠的文化交流与融合，居高临下、盛气凌人抑或舍己应人、邯郸学步都只会阻碍文化交流与融合的进程，窒息文化发展的生机与活力。从文化本身发展看，交流与融合是内在需求。从这一点上理解"只有民族的，才是世界的"这句话，我们觉得它揭示了文化交流与融合不是两手空空，简简单单的"拿来主义"的道理。文化需要参照系，有了参照系，文化才显示出本身的魅力，彼此参照，方能取长补短，相互提高。就某一单个文化体系而言，若采取封闭政策，它便容易滋生自适倾向，从而导致各种反文化现象的孳生，并最终使该文化体系走向死胡同。俗语说："艺术无国界"，实际上包含了"无国界"方能拯救艺术，设置国界将意味着艺术的枯竭的道理。在文化交流与融合不断加快的今天，时常可见到一些固执的国粹分子把文化交流与融合看作是文化侵略，以誓死捍卫的精神抵拒汉堡、抵拒电子钟乃至抵拒卡通，其结果既显得壮烈，又显得可悲。因为他们逆文化发展之潮流，势必招致被汰出局的命运。

再者，应兼顾文化超越与根系辨识。我们认为，提出"吸收全人类一切优秀文化遗产"来推进本民族文化的发展确实体现了一种恢宏气度与博大胸襟。历史也表明，推行这种文化政策时常成为社会转型和社会发展的前奏序曲。我们没有理由片面地、固执地以坚守为爱国，以兼容为叛国。事实上，已然形成的文化都已成了人类的共同财富，我们作中国文化与西方文化的区分，并不是说二者毫无共同之处，而且在长期的交流过程中，二者都已多多少少吸收了对方的长处。因此，我们已不能说中国文化的所有成分都是其自身的，它之所以形成今天这样强大的生命力，正是因为它在各个历史时期融合了其他文化的长处。在文化发展中，我们实在有必要超越是"中"非"中"的计较。但文化根系辨识亦显得至关重要，它是我们谋求文化发展的立足根基，是培养一个民族、一个国家文化自信心和凝聚力的磁石，同时它也是我们与别文化继续开展对等文化交流与融合的通行证。没有了根系，也就失去了在世界文化大家庭中纵谈文化的资格。为避免遭受文化侵略，我们每个人都应在内心深处明晰自己的文化根系。

（原刊《世界日报》1998 年 7 月 24 日）

文化多元与中华一统

泱泱中华,除了陆地面积为960平方公里之外,还有300多万平方公里的海洋国土,不愧为列国中的大国。

中华文明发展史上,统一代表了历史发展的方向。秦始皇于公元前221年统一全国,且统一文字、统一度量衡、统一道路,在全国建立郡县制度,他还开辟了巡狩制度,或东巡、或南巡,既及陆地,亦不放弃海上,可以说兼具了陆、海双重视野,堪称千古一帝。

然而中国各地毕竟存在极大的地理气候差异、人文和社会差异,秦始皇的"统一"其实至今仍还是一种理想。尽管文字在书面上是统一了,但方言歧异现象特别严重。乃至有这样的笑话:过去部队招侦察兵,要的都是莆仙人,因为他们之间讲话不怕敌方窃听。

由于自然状况、经济发展水平的差异,还包括政治统治中心的变更等等因素,各地的经济生活水平既多有不同,而且还时常出现"三十年河东,三十年河西"的状况。但对地域文化差异较为敏感的人们还是总结出不少地域特征,譬如"山东出响马,江南出才子,四川出神仙,绍兴出师爷"。讲山东人喜欢像晁盖那样,时常劫富为生;江南人则多习文,过优雅日子。四川青城山那是中国道教的发源地之一,相传东汉张道陵(民间俗称张天师)曾修道于此。青城山主要供奉张天师和太上老君。峨眉山则是佛教的圣地之一,峨眉山上有著名的金顶,天气合宜时,可以看到佛教奇景——佛光。二王庙里供奉的李冰父子所修都江堰真的是经受了历史的考验,如今仍在造福四川。还有青羊宫、武侯祠、宝光寺等均为仙人所居。说到绍兴人多做师爷,那绝对与绍兴人文化素养高、苛细精干、善治案牍等特点有关,这些特点皆适宜作幕为胥。明人王士性《广志绎》说:"绍兴、金华二郡,人多壮游在外。如山阴、会稽、余姚,生齿繁多,本处室庐田土,半不足供。其儇巧敏捷者,入都为胥办,自九卿至闲曹细局,无非越人。"在传统时代,各地有代表性的职业倾向经总结提炼,确实具有了可一一对应的巧合性。明清时期出现了各地商帮竞相争胜的局面，人们多渲染山西商人大气却霸道，徽州商人儒雅却清高，江西商人精细却刻薄，成都人称呼陕西人为"老陕"，特别鄙视陕西人穿着羊皮袄。在汉口各商帮的脸谱也在相互攻击中被勾勒出来。一首描述江西商人的竹枝词说："银钱生意一毫争，钱店尤居虱子名。本小利轻偏稳当，江西老表是钱精。"

近代的风水似乎有些南移，俗语中多有了南方人的身影，譬如"广东人革命，福建人出钱；湖南人打仗，浙江人做官。"当时广东人在前面呼喊，福建人则提着钱袋子跟随，湖南人冲锋陷阵，最后的胜利果实归浙江人。比如陈嘉庚先生等人捐资出钱成为福建华侨的代表。民国时期，湖南名人杨度说：中国要亡国，除非湖南人全死光！

从古代到近代，虽然各地人自成特色，但彼此还是在同一个舞台上唱戏。他们甚至彼此分工，各显其长，配合得天衣无缝。文化多元与中华一统的景观，令中国人安逸，令外国人着迷！

（原刊《川航》2007 年 10 月）

世界上并非只有美国

在人类历史上,中国曾创造了辉煌灿烂的文明,并逐渐在与外界的接触中形成了"天下之中"和"蛮夷戎狄"的世界观念,直至乾隆时代,弘历皇帝还为"天朝无所不有"而沾沾自喜,他们有意无意间关上了与外部世界交流的大门,结果终至于闭门塞听,尝到了"落后就要挨打"苦果。近代一个多世纪的历史粉碎了中国"天下第一"的神话,中国人有的成了崇洋派,甚至连"中国的月亮也没有外国的圆",他们那样满腔热忱地讴歌欧美文明,乃至黄、毒也是社会进步无法避免的代价。于是,欧美成了他们向往的"天国",他们埋怨中国历史太悠久了以至于成了沉重的包袱,他们热衷于喝牛奶、吃汉堡包、打高尔夫球,然后去夜总会,中国的一切全部过时,连孝悌伦理也都可抛弃。在此背景下,年轻气盛的美国俨然以"民主、自由"的样板国自居,它时常以"国际警察"的身份出现在世界舞台上,动辄干预别国间事务与别国内政,扮演着"世界霸主"的角色,他们高举"人权"与"民主"的大棒,或附加在贸易问题上,或时而施以制裁,完全是一副令世人皆要向其俯首称臣的架势,不知是否也将要重蹈中国过去的覆辙。

克林顿的此番中国之行正好为他所担任的这种角色做了最好的注解。其中象征意义大于实际意义。他随队带来大量辎重,包括保安人员、水、警犬等,也许他在说服世人,美国所拥有的一切别国没有,含有炫耀之意;也许他还想要告诉世人,共产党领导的中国人民生活贫病,治安不靖。克林顿多数情况下不吃中餐,时常带上汉堡,显然具有蔑视中华文化的象征意义。克林顿在做礼拜时声称我们都是上帝的子民,显然是想劝导全世界人民应唯上帝是从。克林顿说:"中国仍是一个年轻的国家",显然是指中国在民主与自由建设方面已略略取得了让美国满意的成绩,但今后的路还很长。克林顿说,21世纪年轻一代所遇到的主要挑战是民族间的仇视之类,显然是要求中国的青年人放弃对美国的戒心。克林顿说,一党专政已纷纷瓦解,从东欧苏联到南亚、非洲民主意识都已养成,胡适较早时在北大也倡导过自由、民主,达赖喇嘛是一个很好接触的人,这显然是警告共产党领导的中国顺应大势,走多党制道路,要求江泽民与达赖喇嘛会谈。克林顿说,中国在保持人民币稳定中起了积极作用,显然是建立在希望中国继续做出牺牲,而让美国继续收获财富的基础之上,这和两次世界大战中美国坐收渔利是何其相似。克林顿说,日美防卫体系不针对中国,与北约东扩不针对俄国有同样意义。其实这是欲盖弥彰,路人皆知的事实。难怪北大学生克制不住说他是"在微笑的背后掩藏着遏制中国的意图"。谈到给台湾出售武器,他竟公开声称是为台湾提供自卫,其干涉别国内政的企图亦彰彰在人耳目。

总而言之,克林顿的此番中国之行打着建立互信关系的旗号,执行的仍然是过去孤立中国政策同样的意图,只不过策略上有所改变。我们坚信中国的领导人和中国人民不会被美国牵着鼻子走,我们更坚信,中国的政治、经济、发展自可走出一条非美国指引的道路来。我们当奉劝美国政府和克林顿本人:中国人民有辉煌的历史,也必将有自己辉煌的未来。中国并不年轻,中国人会做出自己的思考,美国想"主宰世界"的企图必然为世界人民所唾弃、所粉碎。

（原刊《世界日报》1998 年 7 月 1 日）

中国观种种

何谓中国？世界上绝大多数人都或多或少地能说出自己的认识,但由于认识途径不同,它们的中国观也各殊。

先说海外的华人。且避开其他因素而言,几乎不同时期移出中国的华人都有极不相同的中国观。老一辈的华侨为生活所迫,从家乡故土直接远涉重洋,家乡故土当时的景象就是他们潜藏在记忆深处的中国。这个"中国"不仅是一定时期内的中国形象,而且只是中国某一乡土一小块地方的形象。老一辈华侨以他们记忆中的中国为参照系,一旦生活和事业有了改善和发展,他们便心生报国报乡之情,显示出了浓烈的责任感与使命意识。他们也把他们的中国观传达给他们在当地国家出生的儿孙,使儿孙也形成了与他们相同的中国观。这些在当地出生的华裔所表现的对中国文化理想的钟爱往往较其父辈更加理性和执着,因为他们中许多人真堪称贯通中西。1949年以后直到"文革"期间移出的一代移民有不少经受过国内政治斗争的劫难,因而在他们的脑海中,中国无非文山会海,武斗充塞,其实他们自己也可能或多或少地沾染上"人自为敌"的习气,对中国时常抱有较多的不快之意,在行为上更多地鄙视中华文化而倾向西方文化,并对他们的子女产生很大的影响。"文革"以后的移民主要体现为知识移民与劳务移民,它们对中国整个社会都较前几辈华人有更多的认识,而且到了海外,他们也特别注重吸收多方资讯,并进行独立思考,因而他们便较易于形成对现实中国的认识,形成有异于前辈的又一种中国观,从而影响着他们对海外华人社会的判断、选择及重组。当然,若考虑进其他因素,我们说作上述划分并不是绝对的,特别是中国近20年来改革开放,许多海外华人都有机会亲临中国,他们各自所在国也或多或少地开辟了让人民了解中国的渠道,因而老一辈或"文革"期间移出的华人也可能在重返中国后形成新的中国观,也有的华人在积极了解各类资讯后不断修改着对中国的认识。

再说说外国人的中国观。过去显然较多地受各国政府对中国政策的影响,美国政府过去就奉行"妖魔化"中国的政策,以使美国人民相信在中国大陆,共产党专制独裁,践踏民主、人权的事件层出不穷。但是,随着这些年来中国的开放,中国人更多地走出国门,外国人更多地走进中国,再加上各种媒体、资讯的发达,人们对中国的认识显然有了更多的了解。就说最近克林顿总统对中国的国事访问亦为世界人民了解今日中国提供了一个新机会。我们相信,日益扩大的世界性交流必然会使人们的中国观更加切近实际。

应该说,要形成对中国客观真实的认识并不是轻而易举的。中国历史悠久,幅员辽阔,这其中本身就包含了纵向和横向的内容。有鉴于此,我们应允许不同人有不同的中国观,而不应该以自己的中国观去压服别人。每个人都应谦逊地对待别人认识中国的一得之见,而不应该以武断的态度视自己的见识为圭臬,别人的认识则为荒诞。作为旁观者,也许有时我们会有"清"的时候,积极建言是有必要的,但居高临下,指手画脚则是要不得的,因为在国际法中有"不干涉别国内政"这一条。

(原刊《世界日报》1998 年 7 月 18 日;《联谊通讯》第 63 期)

融合的真谛

美国加州大学伯克莱分校前校长、现香港创新科技委员会主席田长霖先生在谈到如何教育子女时说："我告诉我的孩子,当你们与中国人在一起时,要完完全全地像中国人,而当你们与美国人在一起时,你们又必须完完全全地像美国人。"话虽平实,我觉得这却道出了融合的真谛。

在中国人走向世界的过程中,始终伴随着唯我独尊与平等交融两种倾向。应该承认,中国文化在经历了长期发展后确有许多成熟优越之处,但由此培养起唯我独尊的民族情绪却至为不妥,事实上也屡次碰壁乃至丧权辱国。对于身在国内的中国人可能是因为闭关锁国的政策,但走出国门的华人有时也抱有誓死捍卫中华文化的固执,拒绝与外界的交流,有的甚至非中餐不食,非国货不用,大有"非我族类,其心必异"之虞。追究其原因,一方面恐因为"躲进小楼成一统",唐人街的形成或许也部分地包括这种因素,另一方面恐因为屡屡接触到西方文化的不如意处,因而高呼"西方之没落"的口号,高擎"国粹"之旗帜。有的不知顺应时势,甚至把过时的迷信习俗也奉之若神明。其实,所谓"文化传统保存得最好"这句话里既包含肯定的语气,又何尝不含有故步自封的保守意味。事实表明,不能因应时代而发展的文化势必没有活力,势必被时代所淘汰。

值得欣喜的是,环顾世界,唐人街的围墙并不能阻隔华人与外界的交往和联系,而且迁出现象还很频繁,这应被看作是障碍被消除,或是融合的结果。显然,文化的融合并不表现为表面上的加入别国国籍,使用别国语言,并从根本上否定自我的文化传统。文化融合之所以被肯定就在于一个人在本民族的圈子里认为是外人。在历史上首先跨出这一步的被称为文化交流的先驱,如意大利传教士利玛窦为了促成西方文化与中国文化的交流,自己能操熟练的中国语言,对中国文化的了解和认识都堪与学富五车的中国士人比肩,他亦穿中国官僚的袍服,遵守中国的礼仪,他是在服膺中国文化的背景下从事文化交流的,因而产生了积极效果。

在当今世界舞台上,作为中华文化发源地的中国大陆已敞开了与世界交流的大门,江泽民主席也提出在发扬中华文化时"将注意吸收世界上一切优秀的文化遗产",并且中国人也已越来越多地走向世界的各个角落,许多人正有意识地思考着中西文化的融合问题。田长霖先生说,他承蒙中西两种文化之惠,时常可以把以不如意开端的事情转化为美满的结果。他认为这既不是单纯的中国文化或单纯的西方文化所能做到的,只有有效地实现了文化融合的人才能得乎其趣,运用自如。田先生阐述其教子之道时说:"教他们掌握中国文化,有利于使他们产生有根的归属感,教他们在美国社会就做得像美国人,则有利于树立他们的自信心与主体意识。"可见,融汇了中西两种文化的人在美国这样的民主社会已逐渐地显示出自己的优势,他们不仅在科技界,而且在参与政治方面都日益表现出强劲的力量。

文化的发展是在不同文化的平等交融中不断为自己开辟道路的,目前普遍流行一种说法:"21世纪是中华文化的世纪",我们觉得,如果把中华文化凝固化、教条化,那么上述说法其实并不准确,正像我们可以为李远哲、朱棣文这类华裔科学家感到骄傲而无视美国社会的人才成长环境一样有失偏颇。如果我们认识到,发展到今天的中华文化绝不是一个凝固僵死的东西,而是一种融汇了多种文化仍具有生机和活力的文化汇合,今后这种文化仍将在"不断吸收世界上一切优秀文化遗产"的前提下继续融入许多新鲜成分,李远哲、朱棣文等实是中西文化融合互渗的产儿,那么说"21世纪是中华文化的世纪"也许还有几分道理,必须明确的是这里所讲的中华文化既是中国的,同时又是世界的,掌握这种文化的人必将主导世界。但是因为这种文化仍在形成之中,其形成途径是中西文化的继续融合,所以能掌握这种文化的势必首先是致力于文化融合的文化先驱们,他们必须能克服文化优劣的偏见,坚持平等融合的原则,只有这样,中华文化才能发展成为21世纪的主体文化,也才能为人类的进步做出泱泱文化古国所应有的贡献。

(原刊《世界日报》1998年8月3日第3版)

妇女解放与社会发展

在人类进步、社会发展的过程中,既然存在着生产力与生产关系,统治者与被统治者之间的矛盾,又何尝不始终存在着男与女两性之间的矛盾,前者的矛盾运动推进着社会的发展;后者的矛盾斗争则在社会的发展中不断得到协调。

在人类文明的初期,由于男女两性在生理、体质上的差异,导致了两性行为上的差异。研究人体发育的科学家欧特纳指出:"女性的躯体似乎使她们注定只负责生命的生殖;而男性则因为缺乏这种天生的能力,就必须以技术与象征为媒介,有意地肯定其创造力。"(罗萨多、兰姆菲尔:《妇女、文化与社会》,斯坦福大学出版社 1974 年版,第 75 页)显然,由女性负责的生命的生殖只是一种自然行为,而由男性从事的战争和狩猎则既是一种社会行为,也是文化性的行为,这种纯生理基础上的自然分工便大体奠定了"男主外,女主内"习俗的基础。由于女性在怀孕和哺乳期以及生活的大部分时间里负担沉重,天然地要依赖男性的照顾,而男子则凭借其生理和体质上的优势,在获取食物、维系群体生存、抵御兽害或异族的侵犯,保护群体安全和领地完整等方面,在经济生活以及其他社会活动中都起着主导作用。因此,整个群体便于男性按优势——服从原则遴选出男性首领进行领导也极为自然。在此,我们必须纠正在母系氏族阶段是由女性掌权的时代的错误认识,树立起只有随着社会的发展,妇女的解放才能逐步地得到实现的观念。

文明在向前推进,人们从游牧经济过渡到定居农业经济,先是畜牧业从农业中分离出去,继而是农业与手工业的分离,妇女在养蚕、纺织等领域的发明使他们在社会经济活动中的地位日见提高,"男耕女织"的生产方式使妇女摆脱了片面依附男性的寄生地位。随着近代大机器工业的出现,妇女参加生产劳动的社会化程度逐渐增强,她们在同样的单位时间内可以创造出与男性创造的相等的经济效益来,因而女性在经济上的附属地位更进一步被动摇了,其后,妇女又不断拓展自己的活动空间,在政治、科技、文化等领域也显示出不逊男性的倾向,女权运动因而兴起,它以争取男女平等为目标,而工业化的发展导致了家庭事务的日益机械化、社会化,又为妇女的解放提供了客观的条件,走出家庭、走向社会成为全世界妇女的共同心声。女性逐渐由经济的独立走向政治上、文化上的独立,女性开始扬眉吐气地享有越来越大的生活空间与自由天地,"妇女能顶半边天"日益成为现实。

如今,社会的发展已经反复把妇女的解放提到了议事日程,在北京召开的第四次妇女大会必将有力地推进包括中国在内的世界妇女解放运动的进程。作为世界另一半的男人们自然有责任为之推波助澜,而不应有"女人回家"的奇谈怪论,亦不能空发"阴盛阳衰"的消极感叹。在妇女解放的道路上,男人不仅应做推进器,而且更应做领路人。历史上、现实中夫妇比翼齐飞、事业皆成的事例已层出不穷,将来必汇细流而成大海。

妇女解放是社会发展到一定阶段的必然要求,它必将进一步推进社会的向前发展。

（原刊《厦门日报》1995 年 9 月 29 日）

女性蕴含着无限创造潜力

　　民间有一句俗语,说女人"头发长,见识短"。即女人的职责仅在于相夫育子,传统家族观念的影响几乎使她们成了生育孩子的机器,"多子多福"实际上成了包含无限艰辛和苦涩的荣誉,家族的兴盛、王朝的延续大体以牺牲女人的青春和生命为代价。在一夫多妻妾制度之下,女人的心力又更多地用于献媚争宠上,或委曲求全,或"母以子贵"。在传统的治史者看来,女人几乎全无是处,"女色亡国"、"女人是祸水"等论调全把罪状加诸女人身上,而男人们则多逍遥于罪外。像《金瓶梅》中西门庆的夭亡全是由潘金莲、李瓶儿、春梅、惠莲、林太太、如意儿等一批坏女人所导致。像《红楼梦》又何尝不是在指责主人公因为沉溺于少女圈中而学业无成乃至家道渐衰?在欧洲,人们也普遍认为女人只应"料理家务,敬畏上帝,缄口不言",娱乐也不是为世上妇女所安排的。

　　但《红楼梦》却又发出了"男人是泥做的骨肉,女人是水做的骨肉"的惊世骇俗之檄,男人污浊庸俗,许多人成了"官蠹",女人则高洁庄肃,更多的是纯真自然,这应该说也是一种历史的总结。就说中国这样的以农立国的国家,长期以来维持着自给自足的小农经济生产方式,其中,高超的植桑、养蚕、纺织技术造就了精美的绫罗绸缎,丰富多彩的服饰文化简直就是女性才智的结晶。女人们以她们柔弱的双肩担负起治家殖业的重任,走过了远古,亦走过漫漫的封建时代。

　　其实,中国女性的才智远不囿于此,南宋时金石学家赵明诚的妻子李清照以自己婉约、凄厉的词作倡导了该时代词的一大流派。在新时代的文学舞台上,冰心、茹志鹃、杨沫、张洁、王安忆等以女性特有的敏锐和细腻把握到了人们心灵发展的历程。在电影电视等视觉艺术领域,像黄蜀芹、王静等一批女导演又不断脱颖而出。在近现代的科技领域,像林兰英、谢希德、华怡、修瑞娟、金庆民等都分别摘取过她们各自领域的荣誉勋章。在世界体坛,中国女队又不断创造着一轮又一轮新的世界纪录。我们应该为中国女性潜力的逐渐发挥而欢呼，又怎能以"大男子主义"自居，而哀叹此世道为"阴盛阳衰"？

在欧洲，女性的潜力也长久被人们忽略，当夏绿蒂·勃朗特把自己的几首诗作送请罗伯特·骚赛这个老清教徒审读时，骚赛竟说"文学不能是女人的终生职业，也不应该是"。但夏绿蒂终于养成了"坚强的有男子气的脑筋"。她的《简·爱》连同她妹妹艾米莉的《呼啸山庄》都已成了举世公认的经典。英国的乔治·艾略特(1819—1880)曾受聘于《威斯敏斯特评论》任助理编辑，她曾开创了一门新的学科——颅相学，她翻译了大卫·斯特拉斯的德文著作《耶稣生平》、斯宾诺莎的拉丁文著作《道德观》，她又是一个出色的社会活动家，她曾与卡莱尔、赫胥黎等思想家交谈，也和来自欧洲大陆的一些杰出的流亡者、政治难民和有抱负的作家共餐，她甚至与著名经济学家斯宾塞有过接触，她写作的《亚当·比德》、《佛洛斯河上的磨坊》、《织工马南》都在世界文坛享有一席之地。在科技领域，为人们所熟悉的居里夫人堪称典范。

随着时代的发展，妇女解放运动的发展，越来越多的女性从繁重的家务劳动中走了出来，进入教育、科技、医药、文学、法律等领域，在 1900 年时，美就有 2/3 的教师都是妇女，在其他国家，职业女性的比例也在日益提高。我们期盼着中国妇女能凭借第四次世界妇女大会在北京的召开，进一步认识自己，挖掘自己的创造潜力，投身于国家富强、民族昌盛的事业中去。"妇女能顶半边天"将不仅仅是口头上的宣言，中华民族的美好未来离不开中国女性的纤手描绘。

（原刊《厦门日报》1995 年 9 月 8 日第 11 版）

女性的解放寓于事业的成功之中

在中国传统社会,长期存在着"男治外,女治内"的思想,直至今日,"妇女回家论"仍在某些人头脑中根深蒂固,也有的人退一步提出了妇女"阶段就业论",这些观念几乎都认为家务育儿全是女性的责任,实际上,正是这种观念扼杀了妇女的创造潜力,构成为妇女解放的主要绊脚石。列宁就说过:"妇女担负的家务多半是非生产性、最原始、最繁重的劳动,这是极其琐碎而对妇女的进步没有丝毫帮助的劳动。"(《列宁选集》第 4 卷,第 73 页)而且妇女从事家务,无法取得对生产资料的实际所有权、支配权和使用权,因而不可能有经济上的真正平等,妇女的解放也就失去根基。

翻开世界妇女解放运动的历史,美国的苏珊·安东尼(1820—1906)、珍妮·亚当斯(1860—1935)、英国的伊万杰琳·布思都是值得一书的。苏珊·安东尼曾与伊丽莎白·凯地·斯坦顿(作家)和欧内斯婷·罗斯(演说家)一起,组成了历史上第一任的"妇女三人执政"。正是通过她们的努力,美国妇女的解放被大大向前推进了一步,在 19 世纪末,几乎美国的每一个州都废除了旧有的歧视已婚妇女的法律条文,妇女得到了占有与支配财产的权利、上诉与被控的权利、保留收入、签订合约、和丈夫共同监护子女的权利。婚姻不再是奴役,而是一种协定,是对等双方之间的契约。珍妮·亚当斯则致力于社会服务事业。她曾在芝加哥荒凉贫乏的工业区——霍尔斯泰德街租了一栋小房子,后来这里成了整个社区的非正式顾问机构、救济中心、托儿所与幼儿园的所在地,她致力于芝加哥这个"小型的世界"中的民族团结,她亦为废除童工和建立和平而不懈工作。伊万杰琳·布思则接过她父亲"救世军"的旗帜,为狱中的犯人建立"日子更加光明联合会",为未婚的母亲建立"由于爱情联合会",她甚至成立了一个"自杀社",旨在挽救那些准备自我毁灭的人的生命。印度有饥民、日本地震中有伤亡,她都竭力组织救济。她的救世军从法国向外发展,在英国、娜威、丹麦、瑞典等国都建立了分队,成为一项世界性的事业。

在中国,妇女解放运动也在妇女们事业取得的成功中向前推进。像宋庆龄便是其中杰出的一位,她既具高尚道德情操,又颇富实干精神。在新中国成立之前,她筹组过中国民权保障同盟、全国各界救国联合会。她发起并领导了保卫中国同盟、中国福利基金会,她还领导中国福利会、中国红十字会和中国救济总会。与宋庆龄比肩的还有像邓颖超、何香凝等一批女中豪杰,她们都把毕生的精力献给了中国人民的解放事业。在此过程中,值得一提的还有像史沫特莱等外国女性亦把中国人民的解放事业当作自己的事业。史沫特莱曾坚定地站在以鲁迅为首的左翼作家一边,曾于1936年在西安担任了张学良将军总部电台的英语播音员。抗战以后,她又奔赴延安,与朱德、彭德怀、丁玲等建立了深厚的友谊,她还被批准赴抗日前线,在战火中救助伤员,在硝烟中写成《中国的命运》、《中国在反击——一个美国妇女在八路军中》、《中国的战歌》、《中国红军在前进》,这些作品后来都被列为第二次世界大战中最成功的报道作品。

陈慕华堪称当代中国杰出女性之一。她由一名普通的中学生到八路军的第一位女参谋,由对外经济联络部一名普通的副局长到共和国的一名女部长,由国务院的副总理到全国人大常委会副委员长兼全国妇联主席的人生历程,大体浓缩了中国女性自尊、自重、自强、自立的精神。在新中国的政治、经济、军事、文化各个领域,一个庞大的职业女性群体正在迅速成长,彭佩云、韦钰、吴启迪……数不胜数。

女性进入社会,参加各项社会事业,是妇女解放的必由之路,妇女的解放寓于事业的成功之中。

（原刊《厦门日报》1995年9月15日第6版）

从历史传承看新商业文明
核心理念依然是"诚信"

人类社会中,自从有了商业活动之后,便有了商业伦理,像诚信、公平,就衍生为商人的职业道德。

或许初期的商业活动就属于以货易货的零星之举,交易双方各自实现了自己的交易目的,交易本身便叫公平;或许初期的商业活动能从可见的劳动量的衡量中得到裁断,因为交易双方掌握了完全信息,于是交易中便不能存在欺诈。

随着社会的发展和产品的丰富,人们的交易活动也变得更加复杂。作为交易手段的货币产生了,作为中介的商人形成了,作为交易地点的市场出现了。环节的增多意味着公平精神之维持的必要,亦要求各环节能坚守公平的尺度。

亚当·斯密在从一个伦理学家转变为一个经济学鼻祖的时候,提出了人的双重本性的判断,即"利己"与"利他",实现了二者的统一时,现在称为"双赢",有时甚至是"多赢",倘若只是为"利己"而无视"利他"甚至侵害了他人,这样的交易便较难持续,市场规则乃至上升为法律的条文均可能对之施以惩罚。

在中国传统社会中,一直维持着"士农工商"的四民价值观,四民秩序既作了社会地位的高低排列,亦给予不同阶层不同的责任要求。"重农抑商"体现了对农民职业的尊崇与对商业的贬抑,其中实包含了对商业活动中极易滋长的市侩习气的抑制。于是士者耻为商,他们要"修身齐家治国平天下",他们甘于"君子固穷"、"耻言利",忧天下而乐万民是全社会尊崇士人的基本理由。

但是商人何尝没有崇高的追求?自从他们的身份意识被彰显之后,他们亦致力于树立自己的良好形象。国家的法律制度固然是维护商业秩序的重要手段,商人通过同乡组织——会馆或同业组织——公所而实现的自我约束，对于商业发展的推动和商业文明的形成产生了巨大的力量。商人们在会馆中"祀神、合乐、义举、公约"，既通过祭祀乡土神、食家乡味、讲家乡话、听家乡戏而寻找到心灵的归属，还可以通过义举、公约树立"取之社会，用之社会"、回馈社会、提升诚信水准的整体形象。

近代西方资本主义的进步奠基于两个良好的基础之上：一是积极进取的人生态度，努力谋求经济利益的巨大化；二是克勤克俭、诚实守信的商业伦理。各国法律对于背离这种伦理的行为有相应的严厉惩罚，但每个人内心所秉持的"公平"、"正义"、"诚信"观依然是市场经济走向规范化的最基本前提。

当改革开放开启了中国走向市场经济的大门之后，我们过多强调了追求利益的最大化，却过少地关注到"诚信"与"利他"观的树立。由于新技术背景下信息不对称的日益严重，有悖"诚信"和"利他"的行为又没有得到政府部门和行业组织的有效制止，于是，诚信、公平的市场秩序便无法完整地建立起来，乃至"三聚氰胺"、"化学火锅"等现象便层出不穷，通过媒体舆论放大的商业竞争、雇佣网络水手争夺客户的营销方式等等，几乎无所不用其极。由此，商业道德沦丧，商业运行的良好生态便无法建立。

当建立"新商业文明"的呼声愈加强烈的时候，我们或许应该确信如下基本理念。一，商人阶层的使命是为消费者提供适销对路的产品，而不是见利就上，或在金融领域过度地制造泡沫，乃至冲垮实体经济。二，商人的社会责任不在于赚取了若干不义之财后，少施其惠给社会，而在于在生产、经营环节走"以义为先，义利兼顾"的道路。三，如今的商业越来越成为智者的事业，每一个入行者除了"追求利益的最大化"外，更应该树立高尚的"道德情操"。四，慈善和公益是人类社会的高尚事业，并不是将黑钱漂白，或所谓"承担社会责任"乃至谋取福禄的场所。慈善和公益是商人人格提升的理想渠道，是商人人生价值实现的至高殿堂，商界精英理当如此要求自己。

（原刊《浙江日报》2011 年 4 月 1 日消费版）

童年的时尚

童年的我绝对是个追尚族,因为家境贫寒,追尚总是处于过程之中,许多是在时尚过了之后才实现的。

刚进小学的时候,是 20 世纪 70 年代初,我看到同学穿上了绘有彩色图案的尼龙袜,简直羡慕得流口水。我会老半天看着穿尼龙袜的同学的脚,因为脚的运动,尼龙袜上的图案也跟着发生几何变化,本来矮胖的熊有时会变得苗条起来,本来盛开的花儿似乎又会闭合起来……于是,我想要是我也有一双尼龙袜,那么我就是天下最幸福的人了。

小学高年级的时候,我们流行穿绿军装,四个兜的,上面的口袋一般都插上一两支笔,"英雄"牌的笔是当时的宠儿。令人称奇的是风纪扣和第一个纽扣是不扣的,许多人喜欢在脖子上挂上一只口罩,将两根雪白的带子倒八字分布在衬衫纽扣的两侧,或许是那两根雪白的带子让人能产生美感,显得绅士,显得雅致,于是我想我要是有一只雪白的口罩该多好啊……

小学时晚上的自修一般是轮流到各个同学家集体自修,一方面可以相互激发学习兴趣,另一方面也可以相互问答。晚上天黑,家境好的同学配备了手电,轻轻按一下开关,漆黑的夜幕便马上呈现出一条明朗的通道,否则,只能在黑夜中探索着前进,鲁迅先生说他的鼻子是在黑夜中被撞扁的,我是深切认同甚至感同身受,我曾梦想着也有一把手电。

小学时候的我看到别人不穿粗笨的棉袄,就也不穿棉袄,殊不知别人穿了毛衣或者绒衣,在那寒冷的冬天里,我时常冻得上下牙在打架,妈妈把棉袄送到学校,我还硬是不穿。

上到初中的时候,我对那种有棱有角修长的风衣简直痴迷极了。个子高大的男士穿上特有风度,领子是敞口的,斜三角被潇洒地熨贴在两侧,双排大纽扣是那么的张扬,腰间一般都配上一根腰带,不过基本不当束腰用,而是在背后就收起,半垂在后腰。我立志等我手头一有了钱,第一要买的东西就是风衣。

　　当然,偶尔也有追尚成真的时候。有一次我因为与同学打架,手臂脱臼了。舅舅从十几里地之外来探望我,他带的礼物是奶油蛋糕。妈妈说,舅舅听说我手臂脱臼了,大老远才从县城买来的。我吃着那奶油蛋糕,真有了成神仙的感觉,那种幸福感实在是溢满心头。

　　(未刊稿,2013 年 5 月 6 日于厦门大学)

厦门是父亲心中的圣地

父亲读过 4 年私塾,算乡间的知识人,春节时能帮邻居写春联,在生产队时能计工分,拨过算盘后能计算出谁家一年下来会分到红,谁家会超支。父亲时常将进城所见的各种见闻记在脑里,回到家再讲给我们兄弟听。城里的变迁经过父亲的描述,几乎能清晰地在我们面前呈现出来。

我是 1981 年进入大学的,当时,我一个人只身走过约 1500 公里路程来到厦门,那是我第一次坐汽车、第一次坐火车、第一次出远门。之所以只身赴校,一是当时不兴父母护送,二是父亲也没有护送的财力。当时,父亲对福建是有信心的,他说"福建"是"福地而建",厦门大学是陈嘉庚所捐建,那地方差不了。

父亲对厦门的了解,很多是靠我一个月左右写一封家信来实现的。通过我的信,父亲知道邓小平 1984 年春节期间来过厦门,知道厦大曾有王亚南校长、曾鸣校长、田昭武校长、林祖赓校长、陈传鸿校长等。

1999 年,父亲和母亲一起来厦门过年。那时,我刚拿到学校分给我的三居室,装修一新。父亲和母亲坐了两天的火车,再搭上公交车来到厦大。父母跨进我家大门后,反复端详各处,然后坐下,露出一副很欣慰的神情。在接下去的半个月里,我带父母去了集美、海沧、带他们登上了日光岩,去了万石植物园,看了邓小平亲手栽种的大叶樟树,到了白鹭洲公园……父亲对厦门的评价是美好的。

回到家乡后,父亲反复向乡亲们宣传着厦门,家乡人也对厦门留下了美好印象。这些年,我接待过许多来自千里之外的乡亲,我陪他们游鼓浪屿、漫步环岛路,让他们在厦门留下美丽的倩影,他们自然对厦门不吝赞美。

前些天,父亲带着我那刚考上大学的侄儿第二次来到厦门,74 岁的父亲因为长期体力劳动的锻炼,走路依然矫健,他甚至在我忙着上班时,带我的侄儿下海游泳。父亲说他游了一个多小时,侄儿竟待在海里约两小时。父亲向侄儿介绍,鼓浪屿轮渡码头上的"鼓浪屿"三字与十年前的不一样了,因为"屿"字的写法不同了，原来"山"字旁写在左边，现在却写到"与"的上面去了。父亲说邓小平确实是伟人，他种的树长得特别壮实。父亲看了环岛路，感叹厦门真的不愧"海上花园"的美称。

转眼，父亲的归期已至，临行前，我对父亲说："再过六年，我的另一个侄儿也高考了，到时带他来一趟吧。"父亲笑嘻嘻说："厦门每天都有新变化，我一定会再来。"

（未刊稿，2012 年 9 月 30 日于厦门大学）

今 昔

自 16 岁离家来厦求学，如今已过了 27 个年头，但其间只回家和父母一起过过 3 次春节，一次是本科毕业那年的春节，一次是结婚的那年，再一次是女儿 10 岁的那年。第一次回家是因为功课几乎全结束了，回家与父母交流交流有关毕业工作去向的事，可那年老家的天真冷，母亲特地给我买了一件毛料外套，除夕看春节联欢晚会时仍然冷得双脚都失去了知觉。第二次回去我带回了从福建娶回家的媳妇，又碰上了寒冷的雪天，父母特开心，给我们布置了全新的新房，还用家里承包地里出产的棉花给我们缝了两条 5 公斤的厚被子。第三次回家是满足女儿看雪的愿望，但女儿爱雪是叶公好龙式的，一遇上下雪天，却又不敢出门。

人们都说，对故乡的印象往往是离家时的印象之凝固，确实不假。我的心里一直觉得家乡人过着煮干饭米不够只好煮稀饭的生活，吃上干饭时没有菜，就用自己做的酱油冲开水当菜，一双尼龙袜一直穿到有了破洞才想到洗。于是，这些年来我的心里一直充满了幸福感，充满了成就感。怎么着我过年都能吃上年糕，中秋都能吃上月饼。我离开家之前，家里过年年糕虽有，却掺了许多不粘的米，月饼虽有，却多是用麦麸作原料的。我一工作，就拿到了 70 余元的工资。我离家前，全家 3 个劳动力全年的收人才 200 余元。我算计着只要省下一点，对家里人就是一笔"巨款"。

这么多年来，我一直保持着在早上六七点钟给父母打电话的习惯，因为农村人就是"日出而作，日落而息"的。我离家前，父亲最反对我的，就是晚上点灯看书了。我清晰地记得，有一次我买了一把手电，准备晚上偷偷地看书，被父亲发现后，硬被逼着退还给了商店。

有同事笑我不努力，经常晚上 11 点就看不到我家的灯光了，情况确实是如此。一般而言，我晚上一到 10 点左右就犯困，可早上我一到 6 点就怎么也耐不住要起床了。对我而言，清晨是黄金时段，我的思维特别活跃，同事们觉得我写得好的文章几乎都是早晨思维的结晶。

　　今年春节少不了又要给家里打电话。巧的是爱人买的一张电话卡春节前就要到期了，我找了几个学界同行的电话号码，提前给他们送上了新年的祝福，可还是剩下了不少。我抱着试试看的心理，拨通了老家的电话，本想大概会是放假回家的小侄子接电话，结果却是我老爸在第一时间接的。他说他正和全家人一起看着精彩的电视节目呢。

　　春节当天，我又早早地起了床，首先要给父母电话拜年。我拨通电话后，好半天没人接，后来是我弟弟接了电话，他说老爸还没睡醒，因为昨晚看完了全部春节联欢晚会节目。大年初二，我的小侄子又给我来了电话，说要跟我聊聊，我顺便问他："爷爷那天到县城中学去接你，刚好是下雨天，你们是怎么回来的？"他告诉我说，是打的回来的。这不禁让我想起我读大学期间，有一年回家，我提议全家人一起到县城照一张全家福，来回四十多华里路，父亲硬是坚持全家人必须走路。

　　（原刊《厦门大学报》2008 年 2 月 23 日第 4 版）

我的血脉之所系

　　我是江北人,我的出生地是位于苏北里下河地区被称为"釜底"的兴化县的一个小村庄。在我刚开始记事的时候,祖母就教我念《三字经》,给我讲1931年的大水灾:原本停泊在河沟里的小船一下子可以拴在门闩上,走亲戚时只要从吊得高高的床上跨到船上,然后估定亲戚家的方向,便可以用桨径直划去。因没有切实的体验,我只觉得有趣,甚至还有些莫名其妙地神往。设想着大水一来,没过屋脊,家家户户都挤到屋顶上、树丫上,看着在水中沉浮的家什、在水中挣扎的牲畜,甚至还有漂浮到水上的各家茅厕中溢出的粪便……有时还暗自庆幸自己已早早地学会了游泳。那时的我们,一到夏天,几乎多数时间都泡在水里,有时泡得嘴唇发青发紫,仍不肯爬上岸来。尽管有时因为梅雨季节水位已升到河边人家的墙角,大人们就用水中有"水猴子"、"河落鬼"等故事来告诫我们不要下水,但我们仍然斗胆三五成群地游离于河中,或水中嬉戏、捉迷藏,或钻进河底捞取河蚌、鱼虾等等,家乡与我,我与家乡,是水与鱼,是鱼与水,难分彼此。

　　稍稍长大之后,我又反复聆听到外公关于扬州盐商豪富的故事。我的外公曾作过小商到过扬州、苏州一带,他虽然不一定知道隋朝时扬州红极一时,唐朝扬州曾为"天下第一州",却对明清以来扬州盐商所遗留下来的白塔和玲珑典雅的私家园林倾慕备至。在我的脑海里,扬州是一个有过几度繁华的历史名城,我为自己生在这"人文之渊薮"而感到自豪。从扬州我认识了运河,从运河我又认识了施耐庵与《水浒传》、郑板桥与扬州八怪、蒲松龄与《聊斋志异》,从有关扬州的吟咏诗中又认识了杜牧、张祜、王建、徐凝,我默默地吟咏着"春风十里卷珠帘"、"十里长街市井连"、"天下三分明月夜,二分无赖是扬州"……就这样一次次悄然地进入梦乡。

　　高中毕业后,我离开了家乡,来到了南国的海上花园城市厦门,十数年文科专业知识的学习丰富了我的头脑,亦逐渐加深了我对"我"的认识。其实,上海人称江北人为"江北佬"、"江北猪锣"亦并非毫无根据,自认是扬州人的我国现代著名作家朱自清说原因在"扬州人的小气和虚气",他特别对先期到上海的扬州人竟不承认自己是扬州人,并反过来歧视后来上海的扬州人的行为非常气愤。当代文豪韦明铧先生说:"扬州就好像一个中落的大世家,有些地方硬要打肿脸充胖子,越来越空虚。"每当我离开家乡数年又重回家乡后对上述说法不禁产生了强烈的认同。也许在我身上亦深深地隐藏着这种缺陷,乃至制约了我事业的发展。不过,离开家乡来到厦门这数年来,我又深深地浸滋了浓郁的厦门文化气息,每当睡梦中我便头枕海的波涛,每当清晨我便能聆听到南普陀的钟声,每当走进厦门的小巷我便不禁回味起独具特色的土笋冻,每当中秋佳节之时我又会娴熟地搏起饼来……难怪我回到家乡,家乡人便视我为闽南人,我不否认我的衣着、讲话的语调都深深地镌刻上了厦门文化的印记。我时常身在厦门思故乡,又常常以家乡人的眼光看厦门,我显然已不是纯然的故乡人,也不是地道的厦门人,但故乡文化终究构成我的血脉,厦门文化则是流进我血脉中的新鲜血液。我愿意牵执着江北人的血脉,漫步天涯,陶情海角。

（原刊《厦门日报》2000 年 6 月 10 日）

家乡的桥

阔别七年，我回到了老家苏北水乡探亲，家乡的桥自然是必要走的。但此次回家，却似乎读出了家乡桥的新含义。

过去家乡的桥经常由若干根短树枝构成，走上去摇摇晃晃，小时候我常常需要走若干座这样的桥才能到十余华里外的外婆家，妈妈和外婆对此都不放心，过去又没有电话，够让人牵肠挂肚的。我自己也经常在梦境中体会过桥的滋味，也多在惊悸中醒来。我已无法统计出我做过多少次这样的梦，总之，在我的童年里，桥经常是无法跨越的屏障，我的梦里常有缺了几根树枝的桥、坡度特大的桥、独木桥等等。

不过在同伴的怂恿下，有时我也会从桥上品出乐趣来。每逢夏天，我们经常三五成群地从桥上跳到河里，体会自由落体式跳水的韵趣。有时我们会把河里的烂泥涂满身子，变成黑人，然后纵身跳到水里，俨然换了人似的。我还喜欢蹲在桥上钓鱼，有时满载而归，有时却全无收获。

桥还是小时候夏天夜晚纳凉的所在，有时我们把席子铺在桥上，躺在席上，数着天上的星星，听老人讲各种各样的故事传说。其中有美丽动人的，也不乏恐怖惊惧的。

在我 18 岁的时候，我离开了家乡。负笈到南国求学，从此我告别了家乡的桥，来到了海边。我很快适应了海的生活，也许因为我依然生活在水的环境中，但桥尤其是家乡的小桥却渐渐离我远去，以至只能在梦中回味。

这次回家，我带着妻儿，本想让他们也体会一下我儿时的艰辛生活，结果却别有体悟了。村子四周的几座桥已全无了昔日的破敝，变得宽了，也变得洋气了，夜晚纳凉的人依然不少，但却少了年轻人和小孩，几乎是清一色的老人了。他们整整齐齐地坐在桥上，也无一例外地朝着一个方向，要不是我解释，我妻儿还以为他们在开会呢。走近一瞧，他们倒也确有共同的话题，譬如谁家今天来客人啦，谁家的儿子赚大钱啦，谁家的姑娘嫁给大款啦，等等。总之，家乡全村甚至邻村的信息都会在这里得到交流，我开始觉得这未尝不具有城市酒吧、茶馆的功能,这大概是市场经济的必然产物吧。

我想重温儿时桥上垂钓的感受,于是拿起了鱼竿,但体会到的又是别样的东西。家乡的河里布满了水草,几无放线垂钓的空间,我也曾两次下河游泳,结果只有披荆斩棘,方能杀出一道水路来。有的水域已被人承包为鱼塘,虽然水略清些,却是垂钓的禁区。我怏怏而归,还是死了这条闲心吧。据说家乡的父母官们已意识到水污染的严重危害,也许加紧治理将是下一步家乡发展规划的内容。

尽管家乡的许多旧桥还存在,但不少已失去原有的意义。因为伴随着公路的延伸,新的公路桥一座连着一座,有人说家乡的修路主要力量用在修桥上,这话一点不假。为了保护农田,也为了高速路的平坦,有的地方还造了高架桥,这更超出了过去河上架桥的内涵。坐着汽车走在坚固的公路桥上,随处可见高高低低被废弃的旧桥,我不能不由衷赞叹现代化的伟力,但也深深感到家乡的发展需要更科学、更合理的规划,需要现代经济理念的陶冶,需要传统与现代的有机融合。

（未刊稿,2012 年 12 月 10 日于厦门）

一本书一个故事

如今在我家里,可以说有三个藏书处。一间是电脑室兼书房,书橱贴满了一面墙,且由地面及于房顶,此书橱乃属我们给房子装修时量身定做的,一层一层隔板间几乎都不留什么空隙,还装上了漂亮洁净的玻璃门,我把诸多与手头研究相关的书汇集于其中,可以说是与我朝夕相处,形影不离了。一间是客厅兼书房,因为读书人客人不多,即使来了客人,也多事毕即走,所以虽名之曰客厅,实仍为书房,这里占满一面墙的书橱购自高档家具店,设计精美,用料也堪称考究。要知道这是我与爱人考察过若干这类家具店才选中的。三个独立的书柜为我、爱人和女儿平均分享,我把装帧精美的书,其中包括了不少外文书、港台书和大陆出版的丛书整齐排列其中,他们堪称是我所有书中待遇最好的,不过也最寂寞;另外一间是储藏室兼书房,我家的储藏室是我们这栋楼最大的,而且还有一面与外面通风的窗,除了停放自行车外,就安置了从旧居淘汰下来的两个大书橱,一个是大铁壳书橱,一个是简易木制书橱,我把以往教学和研究用过的成系列书籍以归类、打包的形式作了安置,我大学阶段的课内书和课外书、学生完成的作业以及参加学术会议带回来的论文,还加上我平时读书喜欢摘录留下的若干笔记本都有了自己的处所。我时常流连于储藏室,一待就是大半天,虽说我给予它们相对较低的待遇,却也敝帚自珍,我抚弄这些东西,时常可以体会自己的勤奋精神、敬业态度和进步倾向。我时常站在书橱前仔细凝视不同时期不同场合得来的这一本本书,都能说出一个个故事。当我需要用到哪本书的时候,真有"得来全不费工夫"之感,我为这些书的得其所而欣喜,我觉得它们得到了应有待遇。

回忆过往,我家书的待遇可没有这么好。且说读大学期间,我时不时就会从饭菜钱中挤出一些,从书店乃至小书摊上抱几本书回宿舍。我在床头架起一个自制的小书架,在桌子上也排列起一排书。除了因为"风吹草动"时常遭遇多米诺骨牌的倾覆,每周的卫生大扫除亦多使之蒙尘,最令我伤心的是有一次楼上洗地板,那脏水不偏不倚地漏在了我床头那排书上,经历过这次洗礼的书如今只能放在储藏室里了。还有一次我在整理自己的书时,发现一排书粘成了一片,想抽一本出来竟不能,结果发现是野蜜蜂看中了这人类文明的结晶,它们不是来阅读,却在书的边缘留下了黏巴巴的蜂蜜,我倾几天课余,才部分实现了那蜂蜜与我心爱之书的分离。

中小学阶段,我也喜欢时常整理整理我自己的书,爷爷奶奶早就给我讲过若干惜书、惜纸、惜墨的故事。我们中小学阶段适值"文革",除了红宝书和一些充满革命英雄主义的读物之外,几乎找不到更多的书。有一次我竟然留意到我家屋梁上悬着一个布袋,外表早已落满了灰尘,我架起了几张凳子,从袋子底下挖开了一个洞,竟发现里面都是些线装书。多数是古典小说之类。此时爷爷已过世,奶奶告诉我,这是爷爷省吃俭用购得的,部分已被当作"四旧"给失落掉了,袋子里装的是爷爷偷偷藏起来的,奶奶叫我不要拿到外面去。我小心翼翼地把袋子解下来,从那袋子里,我接触到了《儿女英雄传》、《隋唐演义》、《乾隆皇帝下江南》等,我看完一本就把它收藏起来,可惜当时家里没有像样的箱子让我放,爸爸只是帮我编了一个柳条筐。我高中住校,很长时间才回家一次。当有一次我去打开那个柳条筐时,却发现里面的书早已被老鼠们"批判"成了一堆纸屑。我能理解这些老鼠们,那时我们家粮食连人吃都不充足,老鼠显然是挖空心思也很难染指的,倒是那充满墨香和纸甜的线装书可以成为它们延续生命的口粮。

(原刊《厦门日报》2004 年 9 月 18 日)

社会进步及其限度的镜子

在导师杨国桢教授的指导下,根据自己的学术积累,从 1991 年起,我便选择了会馆作为博士学位论文的研究课题。应该说,这不是一个新课题,前人和时人(包括大陆、港台和日本欧美学者)已多有论及。可我通过几年的学术史的研究和有关会馆史料的收集,渐渐认识到仅把会馆看作行会一类的经济组织或把会馆看作是"同乡会"一类的封建性的落后组织都不妥当。我认为"明清会馆是以乡土为纽带、流寓客地的同籍人自发设置的一种社会组织,是流动社会中的有效整合工具,是对家族组织的超越和对社会变迁形势的适应与创造,亦体现了社会的进步及其限度。"经过几年的努力,终成《乡土之链:明清会馆与社会变迁》。我力图用社会学的研究方法对会馆这种明清中国社会特有的社会组织进行全方位、多层次的分析和阐述,因而该书被列入"社会史丛书"系列。

我把会馆与明清市场机制、人口流动、科举制度发展联系起来,透过工商城市的会馆可以看到明清交通运输日益发达,商品流通十分频繁,各地开始出现专业化经济区域,因各地出产不同,长距离贸易应运而生,地域性商帮迅速聚结,徽商、晋商、闽粤商人、山陕商人、洞庭商人等大大小小的商帮各以会馆一呈己威。透过移民会馆可以看到移民史上著名的"湖广填四川"关内移关外"和"闽粤移台湾"等移民大潮。透过官绅试子会馆可以看到各地域政治派别的分野和对立,看到商人地位的变动、商人子弟的入仕以及商业化对于科举制度的冲击。我把会馆与明清地方社会的管理联系起来,可从一个新的视角考察明清时期国家与社会的互动关系。清人陈宗蕃曾说:"夫欲国之治也,必自乡始。《礼》曰:'君子观于乡,而知王道之易易也。'吾国治乡之法,一业有一业之规约,一族有一族之规约,一乡有一乡之规约,在外之会馆,亦其一也。规约明则事无不举,规约不明,则事无由行。"将会馆条规与乡约相比拟正反映了明清会馆在地方控制中的重要作用。因为会馆往往是在官府社会管理较为薄弱的界域发挥作用,故其社会整合的意义就大,以致近代新式的商会、工会组织很久都无法取代他们。我把会馆与明清文化发展联系起来,觉得会馆已成为社会变迁背景下文化继承与文化更新的基地,这其中有沿海文化与内地文化的互渗,有士绅文化与庶民文化的交融,有中外文化的交流与碰撞,还有在市场机制作用下的道德规范建设,所包含的积极意义是不容忽视的。

　　总之,我在该书中力求以会馆这一社会组织为机枢,展示明清社会变迁的全景画面。书成之后,我渐渐认识到,所做的最多只是建立了一个较过去会馆研究视野更宽阔的、粗的研究框架,其中有些论点还需要更多的史料来论证,有些地方甚至可能是树立了继续研究的靶子。学术须在不断的对话中发展,我衷心地期待着识者的批评和指教!

（原刊《厦门晚报》1996 年 11 月 24 日"著译者言"专栏）

自我的追寻

每当新入学的研究生要我开阅读书目的时候,我就时常感到为难。诚然,每个专业都有每个专业的应阅读书目,不阅读这些书,就无法进入该学科,就谈不上写出该学科的学位论文。但事实上,我们的许多同学即使在入学后,也没有明确自己所读学科的内容、为学路径和实现过程。老师开出的书目往往并不能吸引自己的眼球,甚至即使按老师的要求,花了许多时间去读了,却没有入之于心,被问及某书讲什么内容、该书好在何处、有什么不足时,往往只能作浮光掠影式的似是而非的回答。我觉得,要想达到事半功倍的效果,时常作"自我的追寻"是很有必要的。

首先,要善于发现自我。如今出版业的繁荣是有目共睹的,即使是一个专业领域,新书亦层出不穷。我们该读什么书呢?我们不妨经常走进图书馆或书店,关注该专业新书的出版,然后信手取下一本或几本,看是否能激发起自己的兴趣。有时候很可能翻了大半天,都没能找到自己感兴趣的书,但也有的时候,一本书让自己爱不释手,时间在翻阅中不知不觉地过得飞快。如果是这样,或许我们就已发现自己的兴趣所在了。找到这一点,我们便可以扩大视野,举一反三。此时的读书不但充满乐趣,而且必然会很有成就感。因为由此我们便能很容易就说出这些书的精彩之处,很容易对这些书进行评点。因此,在茫茫书海中,找到自己所爱读的一类书,当是读书生涯中的第一步。有的同学读书纯粹是出于一种从众心理,似乎大家都读过该书了,我怎么也得把它啃下来,一遍不行,就两遍、三遍,如果这不是自己感兴趣的领域,即使读再多遍,效果可能仍不好。

其次,要竭力塑造自己。发现自己的兴趣所在之后,我们应该往该兴趣点的更深处追寻,或许该领域的著作并不是都那么精彩,或许还有许多较为雷同,甚至层次更低,此时我们必须追问该书是不是低于自己的水平?如果是,再花时间读它就可能是浪费时间,而且还可能破坏自己的兴趣。或许这就是考试这种形式时常让人厌倦的原因。我们应力图阅读该领域的精深之作，或者选择该领域大师所写的深入浅出之作。在选择译作时，应尽量选择"信、达、雅"的作品。这种有选择的阅读的过程本身就是塑造自己、提高自己的过程，由此我们便能走近大师，乃至产生与大师对话的冲动。

再者，就应思考成就自己的问题了。我们每个人都不可妄自菲薄，却也要客观地衡量自己的能力。成就自己本身应是一个漫长的过程，不要一开始就把目标定得太高。要想成就自己，还要甘于寂寞，从小事做起，当然还必须得有大视野。只有这样，我们才能把自己放在学术的一个高起点上，做长期计划，一步一个脚印，对将来的学术史有所贡献。

以上是我读书的一点体会，形诸文字，与研究生朋友们共勉！

（原刊《厦门大学报》2006 年 9 月 29 日第 4 版）

从"拖鞋文化"到 BRT

我是见证了厦门近 30 年变迁的老市民了,厦门的每一个进步都令我激动,这不,9 月 7 日一大早,我就带上妻子女儿来体验 BRT 了。

我们先是乘公共汽车到了轮渡接着改乘 L1 链接线到第一码头,下车后进入候车楼,刷了 e 通卡后乘电梯上楼就到了候车站台。候车楼建在码头边上,视野开阔,近看是充满朝气和活力的厦门西海域,远眺过去则是生机勃发的海沧工业区,视线再往北一些,气势恢宏的海沧大桥就清晰地呈现于眼前了。27 年前,我们的辅导员杨锦麟老师带我们到过火烧屿。当时我们把那看成是很遥远的地方,坐了好半天的船,才到达当时仅有一座孤零零的宝珠塔的火烧屿。当年我们惊叹岛上火红火红的岩石,如今恐怕谁都不能不感叹那儿富于声光电化色彩的科技馆和那人声鼎沸的人气了。

我们选择了乘坐 1 号线,终点站是华侨大学站。上了车之后,形式上我们便似乎乘上了小时候在公园里坐过的小火车,因为它们同样是高空的,同样有自己的轨道,同样穿行于楼宇之间,我甚至在想,现代化某种程度上实现了成年人的童话。本来枯燥的挤公共汽车,通过 BRT 竟变成了一次轻松的逛公园了。而且这一逛不再局促,一幕幕的新景争先恐后地挤进你的视野,让你觉得层出不穷。坐的是富有现代科技含量的厦门金龙大巴,宽敞明亮,那种平稳劲真让人舒服、放松。行走在宽阔平坦的钢筋混凝土路面,更觉清新、惬意。有人说,放一杯水都不会溢出杯外。

心情放松之后,我们就可以通过低开的车窗一览窗外的秀色了。27 年前的厦门人口约 20 万,全市仅三路公共汽车,连接厦大、轮渡和火车站。火车站也仅有几座平房,人们夏天时常光着背,坐在树荫下喝着工夫茶,茶叶少有加工,杯子多为黑褐色。人们冬天仍穿着拖鞋,裤子仍经常仅穿一条,旧式渔民的风格仍然不脱。有一年回老家,我在家乡的报纸上看到一篇文章竟将厦门文化概括为"拖鞋文化"。1984 年春,改革开放的总设计师邓小平来了,这似乎成了厦门发展的一个重要转折点,厦门进入了经济发展的快车道。如今我搭上了厦门公共交通的快车道,看到车窗外鳞次栉比的高楼,让人目不暇接。现实中高楼建在前面,然后才有了这快速公交。可实际上应该说先有了改革开放政策给厦门开辟了快车道,然后才有了那如雨后春笋般拔地而起的鳞次栉比的高楼啊!在厦门的 27 年里,我到过世界上的发达国家,也几乎走遍了中国东部城市,我敢大声地说:厦门已告别"拖鞋文化",厦门的现代化科技程度已越来越高。

BRT 的延伸恰好代表了厦门城市的延展。起初厦门的发展即是从厦门岛的西南一隅开始的,厦禾路几乎是旧厦门的北部边线。从开禾到思北,到斗西,到文灶,再到火车站,这一段差不多就是过去所说的"厦门市",再出去就是乡下了。如今从莲坂往龙山、蔡塘、金山、穆厝、县黄直到集美嘉庚体育场,2 号线则又拓展到洪文、前埔,3 号线走入了凤林、天马、美峰、潘涂直至西柯,大厦门的轮廓越来越明显,大都市的气势亦日益清晰。厦门已不再只是偏处一隅、自我陶醉的小岛,而是海峡西岸一座开放融合的中心城市。如果要确立厦门市的文化精神的话,"扬文化帆,弹和谐韵,领海国先,树世界标"或许是最合适的了。

近代以来,厦门以其独特的地理优势获得了飞速发展的几次机遇,如今,海洋文化将进一步给厦门新的跨越以浇灌。当行进到集美大桥上的时候,我远眺四周,西面有厦门大桥、公铁大桥、杏林大桥,平静舒展的海面旁是在国内排在前列的厦门高崎国际机场,机场的东侧则还有大片待开发的处女地。从媒体上得知,钟宅至翔安的海底隧道不久将开通,以带动翔安的迅速崛起。集美海堤将决开 500 米,以恢复厦门水域固有的海洋环境。我们有理由相信,厦门作为海上花园的魅力必将进一步得到彰显,厦门的 BRT 必将进一步延伸。

身为厦门的市民,我为之而自豪!

（原刊《厦门大学报》2008 年 11 月 22 日）

筼筜湖的个性

从苏北来到厦门,筼筜湖在我的最初印象里,似乎与杭州西湖和我家乡扬州的瘦西湖没有什么区别。湖里长着水草,湖面拱起的小洲与岸边的拱桥相连,翠绿的草坪上有石凳,有弯弯曲曲的小径。但当我带着爸爸妈妈、表哥和我的妻女一次次走近筼筜湖后,我逐渐体会到了筼筜湖的独特个性。

筼筜湖与海相连,海的个性在筼筜湖获得了充分的体现。潮涨潮落注定了白鹭的或栖或离,白鹭女神也品味着欢聚与离别。尽管她的表情安详宁静,似乎像江南的大家闺秀,闲适地梳洗着自己的青丝,可我却领悟到她内心的波澜与流动,她不会向人们倾诉,呈现出的是坚韧和顽强。

或许是筼筜湖毕竟走进了湖的家族,历史上就是渔民们避风休整的所在。当辛勤工作之后身心疲惫的人们走近筼筜湖时,闲适之感便油然而生。

筼筜湖进入湖的家族后,因为添进了若干湖的旨趣,便成为兼容并蓄的大舞台了。人们在岸上设置了喷泉,喷泉可以随着乐曲翩翩起舞;人们在湖边设置了鸽棚,鸽子可以在草坪上啄食玉米粒;孩子们还可以借助海风放风筝,成年人可以牵着宠物在湖边谱写人与动物的和谐曲。筼筜湖几乎融入了陆与海、乡村与城市的韵味,简直就是一个休憩的驿站。

筼筜湖确实是各色人等调适心灵的场所。我那当了一辈子农民的爸爸妈妈走近筼筜湖时,他们体味到了城市文明与乡村闲适的完美结合:抬头可以看到林立的高楼,现代化的成就获得了充分的展现;低头则能嗅到泥土和花草的芳香,踩着石板铺就的小径,他们会有一种踏实感。我那做了半辈子生意的表哥走近筼筜湖时,是筼筜湖的安详抚平了他生意得失给心灵造成的坎坷,是筼筜湖的宁静激发了他信心的再立。我和妻女走近筼筜湖,一直坚守三尺讲台的我和妻子体会到了繁忙工作后的放松,在彼此生活经验的交流中品味相互的关爱。我们的女儿则在亲近鸽子、鸟类乃至他人中逐渐长大,并学会了思考。

筼筜湖是厦门的路标,她承载了厦门的历史,凝聚了厦门的精神,昭示了厦门的成就,亦必将彰显厦门的未来。

（原刊《厦门日报》2007 年 9 月 4 日城市副刊）

眼镜的重生

来美国前，我有一副戴了五年多的眼镜，两边的镜片分别是 150 度和 100 度。这应该算是我用过的第五副眼镜了。此前的一副两边镜片则分别是 200 度和 150 度。人到中年了，我近视的程度因为眼睛开始老花而减弱。这是我用过的最贵的眼镜，镜框是钛质的，轻便，镜片是树脂的，不会被扎破，时常调整松紧，却一直坚固不坏，只是镜片上磨出了许许多多痕罢了。我早知道在国外配眼镜贵，本也想再备一副出去的，但因为要置办的东西多，这件事就给落下了。

其实无论是 200 度，还是 150 度，基本上都该算是不用戴眼镜的，裸眼看黑板也基本没有问题。但在 30 年前，我却日思夜想，应该戴一副眼镜，因为就在我的右眼下方留着我 12 岁时被弟弟用很脏的砖块扎出的深色的伤疤，本来如果医生当时给我认真消毒，并不至于留下明显的痕迹。我想或许眼镜能帮助我遮盖住这一明显缺陷。因为身为穷学生，经济状况不好，我只能在一家小店里买了副 5 元钱的劣质眼镜。由于眼镜质地差，不是被我调得束缚着脸，就是会松得总是下滑，害得我不得不时常往上推推，以便镜框的下边沿能恰好遮住那道伤疤。因为时常调整，这副眼镜以镜框断裂、镜片掉落而退出舞台。后来经济好转之后，我换过变色镜、宽边眼镜等，也都因为与那副五元眼镜类似的原因遭到淘汰。每淘汰一副眼镜，我就像丢失了一次自行车一样失魂落魄，并会立即在伙食上有所体现——我只能用克扣自己伙食费的方法来实现心理的平衡和经济的平衡。

这次到美国访学，刚好得到的生活补贴也不高，我只好精打细算安排租房、伙食和日常的消费。我想平时就尽量不戴眼镜，以免因为不慎导致眼镜在需要时罢工。有一次我随我的室友去一新鲜农贸市场想淘点新鲜而又便宜的蔬菜，当时眼镜摘下随便捏在手上，等我想腾出手去拣择蔬菜时，一颗细小的东西从我的手背滑过，我定睛一看，是固定镜脚的小螺丝掉落了。当时，天色已晚，加上地面湿脏，且人来人往，熙熙攘攘，我无法找到那颗细小的螺丝。第二天一早,我步行 40 分钟,赶到那个地方,再度画方格寻找,还是不见踪迹。我想就不戴眼镜了,糊过几个月回去再说吧。于是这副掉了一个小小螺丝的眼镜便躺在了我住处的抽屉里。

一次,我到奥尔玛超市购物,看到边上倒是有眼镜店。我走进去试探着问店员能否帮助修理,实际上就是配上一个小螺丝。店员告诉我:只要我将掉了螺丝的眼镜拿过来给他看,他就可以免费帮我装上一只小螺丝。可是我一般都是随别人顺便去购物的,当碰到有眼镜店的时候,我往往没有带那眼镜,而有时带了却又看不到眼镜店,于是我的眼镜仍然没法再登舞台。

有一次,我出差到旧金山,在唐人街我看到了不少眼镜店。这次也没带那副眼镜。我想向店里询问有没有螺丝配,店员也一样要看我的眼镜,我说我没带来,它们就拿给我一个小小的玻璃瓶,里面有不同规格的螺丝,还加上一个小螺丝刀,价格是 3 美元。我想我只需要一个小螺丝,这多出来的东西不是浪费吗?

又有一次我在我住的社区附近看到一家眼镜店。我回家取来眼镜,店员给我找了一螺丝,旋上之后,却多出长长的一截伸出来,还要收 2 美元,我说:谢谢了。我还是暂时收起戴上这副眼镜的心吧。

一周连绵的大雨之后,我到住处外面的路上散步,竟无意中发现一条废弃了的眼镜腿,捡起来一看,上面有一螺丝。我带着这个眼镜腿回家,拆下螺丝,装到我的那副眼镜上,竟如原配!

如今,我天天可以戴着这副眼镜,它竟是那样的贴体,不会像原来那个螺丝动不动就松动。我想我的这副眼镜终于获得了重生。

(原刊《厦门大学报》2010 年 10 月 22 日第 4 版"海外生活"专栏)

后 记

值此"凤凰树下随笔集"系列出版之际,我有机会将自己平日的随笔文字忝列其中,心里早已为能附众多名家之骥尾而欣喜不已。

翻检既往篇什,或属于读书的零散心得,或属于感时的激情贲张,或为对师友的感念文字,或也有对自然风景的咏叹短篇,还有的则是报社朋友们要我速成的补白"豆腐块"……无论如何,既然形成了白纸黑字,多少已产生了一定的传播面,也多少为辛勤工作的朋友、学子提供了一些业余消遣或品茶的佐料。都说敝帚自珍,我将数年来的这些刊文剪贴在一本笔记本中,偶尔找出来翻翻,既检视自己的过去,亦力求寻觅未来的走向。

由于部分短文刊出的时间较早,且为海外报刊,当时还是竖排繁体,存在若干校对不精之处,为此,吴鲁薇和王晓栋两位做了大量琐碎的工作,包括选文、编组、重新输入、扫描、校对、斟酌改正文字表达等。

蒋东明社长、吴鲁薇编辑、李夏凌美编为本书的各个环节亦倾注了心力。谨在此向为本书出版提供帮助的各位老师、同学表示诚挚的谢意!

王日根

2014 年 5 月 12 日于厦大

图书在版编目(CIP)数据

耕余遗穗/王日根著.—厦门:厦门大学出版社,2014.5
(凤凰树下随笔集)
ISBN 978-7-5615-5029-8

Ⅰ.①耕…　Ⅱ.①王…　Ⅲ.①随笔-作品集-中国-当代　Ⅳ.①I267.1

中国版本图书馆 CIP 数据核字(2014)第 098952 号

厦门大学出版社出版发行
(地址:厦门市软件园二期望海路 39 号　邮编:361008)
http://www.xmupress.com
xmup @ xmupress.com
厦门集大印刷厂印刷
2014 年 5 月第 1 版　2014 年 5 月第 1 次印刷
开本:720×1000　1/16　印张:12.75　插页:2
字数:190 千字　印数:1～3 000 册
定价:29.00 元
本书如有印装质量问题请寄承印厂调换